LE COFFRET DU BIBLIOPHILE

Contes et Fantaisies en vers

LE PETIT NEVEU DE GRÉCOURT

Étrennes gaillardes dédiées à ma Commère

INTRODUCTION, ESSAI BIBLIOGRAPHIQUE & NOTES
par
GUILLAUME APOLLINAIRE

PARIS
BIBLIOTHÈQUE DES CURIEUX
4, rue de Furstenberg, 4
Édition réservée aux souscripteurs

LE PETIT NEVEU

DE GRÉCOURT

Il a été tiré de cette édition
strictement
réservée aux souscripteurs
500 exemplaires sur papier d'Arches
(511 à 1010)

N° 712

INTRODUCTION

Quoi qu'on en ait dit, le *Petit Neveu de Grécourt* est un recueil de pièces originales. Il est vrai que quelques-uns des sujets de ces contes étaient connus, mais ils ont été traités ici d'une façon toute nouvelle. L'auteur de ces *Étrennes gaillardes* avait un esprit vif et écrivait en une langue excellente qui avant tout autre conteur rappellent La Fontaine.

On ne connaît pas l'auteur du *Petit Neveu de Grécourt.* La dédicace *A ma commère* est signée Y. X*** et l'on a proposé de lire Félix Nogaret, qui a signé Xanferligote un ouvrage intitulé : *Les vœux des Crétois, histoire renouvelée des Grecs,* mis un X au titre du *Fond du sac ou Restant des Babioles de M. X.* et signé de la même lettre *Le fruit* *de ma quête ou L'ouverture du sac par M. X....* Il y a quatre astérisques après X de la dédicace du *Petit Neveu de Grécourt,* et il y a quatre points après X qui dissimule l'auteur du *Fruit de ma quête.*

D'autre part, Félix Nogaret avait assez d'esprit et assez de talent pour écrire ce recueil, qui fait le désespoir des ennemis de l'anonymat en matière de littérature gaillarde.

Quoi qu'il en soit, on n'a aucune certitude touchant un auteur auquel on trouve tant de mérites. Composées par Nogaret ou par un autre écrivain de goût, les pièces du *Petit Neveu de Grécourt* sont excellentes. Là-dessus tout le monde est d'accord.

G. A.

ESSAI BIBLIOGRAPHIQUE

Le Petit Neveu de Grécourt, Recueil nouveau de Contes en vers, de Chansons, d'Épigrammes, etc. A Gibraltar, chez les Moines. M. DCC. LXXXII. — Pet. in-8° de 144 pp. avec des ornements typographiques d'assez mauvais goût.

Étrennes gaillardes dédiées à ma commère... à Lampsaque, de l'imprimerie du dieu des jardins, 1782. — Pet. in-8° de 144 pages.

Étrennes gaillardes dédiées à ma commère, etc., 1784. — Pet. in-8° de 144 pages.

Le Petit Neveu de Grécourt ou Étrennes gaillardes, recueil de Contes en vers réimprimé sur l'édition originale de 1782. Paris, Isidore Liseux, Éditeur, quai Malaquais, n° 5, 1883. — Petit in-8° de VII-114 pages et 2 feuillets non numérotés dont le 1er contient au recto l'indication d'imprimerie, au verso un fleuron et le 2e en blanc. Au verso du faux titre on lit : *Tiré à cent cinquante exemplaires numérotés*. Titre imprimé en noir et en rouge. L'avis de l'éditeur est signé I. L. (Isidore Liseux). Couverture imprimée en noir. Ce volume est de la collection des *Éditions réservées* que Liseux publiait sans indication de prix.

Les conteurs libertins du XVIIIe *siècle, recueil de pièces inédites ou rares publié avec une préface et des notices bio-bibliographiques par Ad. Van Bever... Paris, Bibliothèque internationale d'Édition E. Sansot et Cie... M C M I V.* — (De la *collection variacuriosa*). 2 vol. tirés à 499 exemplaires. Au 1er tome de ce recueil, M. Van Bever a introduit en appendice 6 contes tirés du *Petit Neveu de Grécourt,* dont il dit que « c'est un recueil fort spirituel » et que les « différents tirages n'ont pas empêché ce livre de devenir rare et d'atteindre des prix élevés ».

LE
PETIT NEVEU
DE GRÉCOURT,

RECUEIL NOUVEAU de Contes en vers, de Chansons, d'Epigrammes, &c.

A GIBRALTAR,

Chez LES MOINES.

M. DCC. LXXXII.

A MA COMMÈRE

Ce n'est pas une Épître dédicatoire que je vous adresse, c'est une simple Lettre que je vous écris; n'y cherchez donc ni tournures délicates, ni périphrases ingénieuses, ni tout ce qui sent l'Auteur. Je ne le suis pas, Dieu merci : je ne suis qu'un Éditeur gai et gaillard; j'ai consacré quinze ou vingt jours, plus ou moins, à rassembler des Contes joyeux, pour vous rendre une fois le plaisir que vous m'avez donné mille. De toutes les Francomtoises qui embellissent et récréent la Capitale, vous êtes sans contredit la plus aimable; votre taille est svelte, vos yeux sont noirs et vifs, vos genous charnus et ronds, vos mains potelées, vos joues parées des plus belles couleurs, enfin vous êtes à trente ans ce qu'une autre femme est à vingt. Vous croyez peut-être, ma chère Commère, que ma franchise ordinaire a fait place au ton complimenteur, détrompez-vous : tel je suis en parlant, tel en écrivant, et je vais vous répéter ce que je vous ai dit vingt fois sans que votre amour-propre en ait paru blessé, tant vous êtes modeste ! Votre sein n'est ni plus ferme, ni plus rond qu'un autre, votre petit pied fait mentir le proverbe ; mais ces légères imperfections servent d'ombres au tableau : vous n'en êtes pas moins chère à tous ceux qui vous connaissent, on ne parle de vous qu'avec feu, et je sais bien pourquoi : c'est que dans un siècle où chacun vante beaucoup l'humanité, vous êtes humaine autant qu'on peut l'être. Avec quel désintéressement ne venez-vous pas au secours d'une foule d'Amateurs ! votre main s'ouvre pour les uns, et votre cœur pour les autres. Vous savez que la faiblesse humaine et vos charmes changent une offrande libre en un impôt forcé, et malgré cela, vous ne rançonnez personne. Le pauvre Abbé Piquet, le petit Vicaire de notre

Paroisse, et le Père Briffard, que j'ai rencontrés ce matin, me le disoient encore; tel Géomètre le démontre, et tel Musicien le chante à qui veut l'entendre. Si tous ces Messieurs publient votre générosité sur les toits, puis-je faire moins que de l'élever jusqu'aux nues, moi que vous avez distingué dans la foule, moi à qui vous avez accordé tant de faveurs piquantes pour le seul plaisir de m'en accorder, moi enfin à qui vous avez avoué en rougissant que j'avois fait votre conquête? Je serois le plus ingrat des hommes, ma Commere, si je ne continuois pas à vous voir sur le même pied, sur-tout lorsque mes facultés et votre manière d'agir à mon égard s'accordent si bien ensemble. Cependant il ne sera pas dit que je ne cherche pas à m'acquitter envers vous : je sais que vous aimez la belle littérature, je vous ai surprise plus d'une fois le *Moyen de parvenir* à la main, et je me suis même apperçu que, douée d'une imagination très-vive, vous vous trouvez, à la suite de vos lectures, dans des dispositions qui tournent à bien pour vous, et à mal pour moi; mais dussé-je risquer de nouvelles fatigues, je vous offre ce petit Recueil, en vous priant de le lire, de le recommander à vos amis, et surtout de l'envoyer à Besançon. Sur ce, ma Commere, je vous baise les mains. Ne soyez pas étonnée que je ne vous fasse aujourd'hui ma cour que par écrit, notre dernière entrevue m'a mis pour quelque temps hors d'état de vous la faire autrement; ce qui n'empêche pas que mon amour ne réponde au vôtre.

Votre Compere,
Y. X***.

ÉTRENNES GAILLARDES

LA FEMME SANS CHOSE (1)

CONTE

Le trait suivant, lecteur, est d'assez bon aloi :
Je le tiens de Monsieur Géronte
Lequel me l'a donné pour une histoire ; et moi
Je vous le donne pour un Conte :
Car il faut, tant qu'on peut, être de bonne foi.
C'est tout près de Paris que se passe la scene.
Un Grenadier (la Rose était son nom)
Jeune, bien fait, bon compagnon,
Etant en semestre à Surene,
De Thérèse un beau jour lorgna le pied mignon.
Corbleu ! dit-il, la bonne aubaine !
Qui pourroit l'attirer à soi

(1) Le même sujet a été traité dans *Le Petit-Neveu de Boccace*, par Pelluchon-Destouches, sous le titre *Jeannot ou Les Battus payent l'amende*.

Auroit un vrai morceau de Roi,
Ou tout au moins de Capitaine.
Il aborde à l'instant Thérese sans façon,
D'un air joyeux lui conte sa fleurette
Et lui porte la main au-dessous du menton :
Son geste, son habit, son ton
Plurent beaucoup à la fillette;
Bref, quelques jours après la retrouvant seulette,
Dans le fond d'une grange à sa dévotion,
Il ne put résister à la tentation,
Et l'affaire fut bientôt faite.
N'en parlons plus; ajoutons seulement
Que depuis cet heureux moment,
Thérese et son ami, tous les jours en cachette,
Alloient au même lieu se rendre exactement.
Thérese y vint un soir, elle étoit inquiete
Et paroissoit rêver profondément.
En regardant la Rose, elle reste muette.
Qu'as-tu, lui dit-il, mon enfant,
Et qui peut te causer une peine secrète ?
Ne cache rien à ton Amant,
Parle. Thérèse enfin parla naïvement :
« On me dit que je suis gentille;
» Mais la serai-je encor long-temps ?

» Vienne Saint-Nicolas, j'aurai mes vingt-deux ans,
» Et je ne veux pas mourir fille.
» Je sais que le Meunier du Village voisin
» A mon pere en secret a demandé ma main ;
» Et mon pere a dit oui : suffit que j'y consente,
» J'épouserai Colas pas plus tard que demain.
» Conseille-moi! » — Colas, parbleu, c'est mon cousin,
Reprit le Grenadier, car sa mere est ma tante ;
« Ce garçon-là n'est pas malin,
» Mais il a malgré ça quelque chose qui tente ;
» C'est deux cents bons écus de rente :
» Si je les avois, je... Mais puisque je n'ai rien,
» Epouse-le, tu feras bien.
» J'exige seulement, - Quoi? - Tu sais bien, ma chere,
» Que je dois te quitter dans vingt jours au plus tard.
» Avant le temps fixé pour mon départ,
» La noce, dis-tu, peut se faire.
» En ce cas je prétends à ton bénêt d'époux,
» De ses droits conjugaux interdire l'usage :
» Si donc il t'invitoit à des ébats trop doux,
» Dès la premiere nuit brusque le personnage,
» Dusses-tu le mettre en courroux.
» Quand je serai parti, je lui donne carriere ;
» Mais jusques-là, Madame la Meûniere.

» De Monsieur le Meûnier je serois trop jaloux.
— » Comment ? tu veux que, sans défense,
» Dès la premiere nuit, seulette entre deux draps,
» Avec un homme... Allons, tu te moques, je pense.
» Qui pourroit se tirer d'un pareil embarras ?
» J'aurois beau faire la mutine,
» Beau me fâcher, beau le gronder,
» Colas croiroit que je badine ;
» Il seroit le plus fort, il faudroit bien céder.
— » D'accord, mais si je peux par un bon stratageme
» Lui fermer ce qu'il croit ouvert...
— » Pour te prouver combien je t'aime,
» Je consens volontiers à le prendre sans vert.
— » Eh bien ! avertis-moi la veille de la noce,
» Et nous agirons de concert,
» Afin que, comme un sot, il donne dans la bosse ».
A point nommé la Rose est averti ;
Imaginez un peu ce qu'il fit à Thérese ;
(Vous avez vu qu'à tout la belle a consenti
Pour empêcher que Colas ne la baise).
colle artistement sur un certain endroit,
Que point ne veux nommer, que pourtant on devine,
Une peau de mouton douce, fraiche et très-fine,
Le pli le plus léger, il l'efface du doigt,

Et par-tout, ainsi qu'on le croit,
Appliquant une main experte et libertine,
Il fait si bien qu'on n'apperçoit
Ni le creux du vallon, ni le duvet qui croît
Sur le penchant de la colline.
Ceci peut sembler fort, mais un amant adroit
Exécute aisément tout ce qu'il imagine,
Mieux encor qu'on ne le conçoit.
Et puis, ami Lecteur, un peu de complaisance ;
Prêtez-vous à l'illusion,
Et vous croirez qu'après cette opération,
Thérese n'en eut plus... du moins en apparence.
Au fait le lendemain elle épouse Colas :
En sortant de l'Église on vint faire bombance,
On but du petit vin, on servit de grands plats ;
Mais parlons du souper, lequel suivit la danse :
Le souper d'une noce est le meilleur repas.
Le marié, droit comme un échalas,
D'aller se mettre au lit brûloit d'impatience.
La Rose riant aux éclats,
Par des couplets gaillards égayoit l'assistance,
S'approchoit de Colas, et lui disoit tout bas :
» Cousin, tu m'as bien l'air d'un croqueur de pucelles.
» Gageons que cette nuit tu ne dormiras pas ;

» La mariée est des plus belles ;
» Demain, les yeux battus et les membres bien las,
» Tu nous en diras des nouvelles ».
Tout en parlant de bagatelles,
On entendit sonner minuit :
Lors au lit nuptial chaque époux fut conduit,
Et l'on éteignit les chandelles :
On sait déjà tout ce qui se passa.
Colas, dont on se peint aisément la surprise,
Pour fêter sa commere en vain se trémoussa,
Tentant dix fois l'assaut, et dix fois lâchant prise,
D'un jeu si déplaisant enfin il se lassa,
Et fut toute la nuit dans une horrible crise.
Au point du jour mon Jocrisse à grands pas
Va chez le Grenadier en poussant des hélas !
« Si vous saviez, cousin la Rose,
» Ma femme elle n'a pas de... — Quoi ?
— » De... la... de... — Quoi donc — aidez-moi !
— » Eh bien ! elle n'a pas... — Elle n'a pas de chose.
— Ah ! parbleu n'est-ce que cela ?
» On peut remédier à cet accident-là ;
» Et je ne sais pourquoi tu t'inquietes :
» Beaucoup de femmes n'ent ont pas ;
» Mais je leur en fais, moi ». — Comment, vous leur en faites !

— « J'en fis un l'an dernier à celle de Lucas,
» Tu pourrois même aller la trouver de ce pas ;
» Et par des questions secretes...
» En observant sur-tout de lui parler bien bas,
» Peut-être avoueroit-elle... — Ah ! que je serois aise
» Si vous pouviez ce soir en faire un à Thérese !
— » Ce soir, le terme est un peu court ;
» Mais apporte au logis avant la fin du jour
» Douze livres de crin, douze francs pour ma peine :
» Pars demain, vas passer huit jours chez ta marraine,
» Imagine quelque détour
» Afin de lui cacher le sujet qui t'amene :
» Dis-lui que par malheur tu deviens un peu sourd
» Et qu'on t'a conseillé de voyager en plaine.
» Sur le chose de ta chrétienne
» Sois plus muet que la bouche d'un four,
» Entends-tu bien, Colas ? — Oh ! qu'à cela ne tienne.
— » C'est aujourd'hui Lundi, je fixe ton retour
» Au Mardi de l'autre semaine :
» Ce jour-là tu pourras sans gêne
» Faire un petit Colas. — Ah ! Thérese, Ah ! mamour,
Mardi j'en aurai donc l'étrenne ».
— Adieu, cousin. — Bon soir ». — Une heure après
Le crin est envoyé, les douze francs sont prêts ;

Et comme une franche pécore,
Colas le lendemain partit avant l'aurore.
Vous jugez bien que notre amant
Sut mettre à profit son absence.
A Thérese il fit un enfant,
Puis il vendit le crin pour en avoir l'argent ;
Et riant du cousin docile à la défense,
Il regagna son Régiment.
Colas, au bout de la huitaine,
Croyant avec raison l'ouverture certaine,
Revient trouver sa femme en faisant les yeux doux.
Couchons-nous, lui dit-il, ma reine :
Thérese au lit suit son époux,
Là, sans compliment il l'engaîne.
Le jeu fini, Colas visita son domaine ;
Et lorsqu'en tous les coins il eut passé la main,
« Ouais ! s'écria-t-il, cousin,
» Par ma foi je vous garde une bonne semonce,
» Vous m'avez demandé douze livres de crin,
» Et je n'en trouve pas une once ».

LA CROYANCE FONDÉE

Un jour que Madame dormoit,
Monsieur fêtoit sa chambrière,
Celle-ci qui la danse aimoit,
Remuoit fort bien la charniere :
Or la Coquine, toute fiere,
Lui dit, Monsieur, sur votre foi,
Qui le fait mieux, Madame ou moi ?
— C'est toi, Barbe, sans contredit.
— Saint Jean ! dit-elle, je le croi :
Car tout le monde me le dit.

LA DÉCLARATION MILITAIRE

A MADAME ***

Puisque vous m'avez dit souvent
Que vous n'aimez pas la morale,
On m'a fait un conte plaisant.
Il faut que je vous en régale :
Un Mousquetaire soupiroit
Pour Fatime beauté sévère :
Quel est celui qui me diroit
Comment soupire un Mousquetaire !
Depuis si longtemps un bruit court,
Que dans le délai le plus court,
Ces Messieurs font toujours l'affaire !
Le pourquoi n'est plus un mystere ;
Mais qui s'entend avec l'amour
Est exempt du préliminaire :
Mon Heros qu'on nommait Valcour,
Et qui certe auroit sa vergogne

D'en être à son troisième jour.
Sans finir la douce besogne,
Pour la finir, n'épargna rien;
Si qu'à son deuxiéme entretien,
Bien résolu de passer outre,
Il s'écria : je voudrois bien,
Madame, vous... Quoi donc? Vous f....
F*** est un mot très-indécent;
Fatime se mit en colere,
Et dit : Monsieur le Militaire,
Vous êtes un impertinent.
— Un impertinent soit, ma chere :
J'en agis toujours rondement,
Et ne réponds au compliment
Que par trois mots : laissez-moi faire.
Entre ses bras il vous la prend,
On devine que la Commere
Se débat, ou bien fait semblant :
Plus elle feint, plus il la serre,
Bref il la pousse vivement,
Elle tout en se debattant,
De tomber dans une bergere.
Lui d'avoir en moins d'un instant,
Fait quatre ou cinq tours à Cythere.

Mademoiselle en se pâmant,
De lui demander doucement
S'il peut encor en faire autant,
Et Monsieur toujours plus galant
De ne pas rester en arriere.
Mon lecteur qui sait que souvent
Le plus vigoureux assaillant,
Après trois exploits tombe à terre,
Ne doit pas trouver surprenant
Qu'ayant fait six fois la carriere,
Sans prendre haleine seulement,
Mon coquin, d'un air triomphant,
Enflé de sa valeur guerriere,
Dit à Fatime en la quittant :
Pour f... vive un Mousquetaire ;
Ni que Fatime souriant,
Prenne le parti de se taire ;
Car un Auteur qui n'est pas sot,
Sur f.... a donné cette glose :
Les Dames pardonnent le mot
A celui qui fait bien la chose.

LA RÉPONSE SENSÉE

CONTE

Ces jours passés une Catin
Dit à Pattu le Médecin,
Je vous paîrai, coûte que coûte,
Tirez-moi d'un grand embarras,
Monsieur, vous avez vu des *cas* :
Les cas sont-ils barbus? — Sans doute.
— Pourquoi le mien ne l'est-il pas?
En voici la raison, écoute,
Lui répond gravement Pattu;
Ne sais-tu pas un vieux Proverbe
Qui dit qu'en un sentier battu,
On ne vit jamais pousser d'herbe?

LA PLAINTE INJUSTE

A la campagne, un jour qu'il faisoit beau,
Gilet fut voir Madame du Martelles ;
Bien fut reçu dans l'antique Château,
Pour le traiter, on mit tout par écuelles ;
Mais il se plaint que la ronde femelle
L'ait fait coucher auprès d'un grand Valet.
Or de la Dame à tort se plaint Gilet ;
Mieux n'eût choisi, si c'eût été pour elle.

BADINAGE IN-PROMPTU

En voyant la statue de la Pucelle d'Orléans dans la place publique de cette ville.

Passants, respectez celle
Que vous voyez céans,
C'est la seule pucelle
Qui soit dans Orléans.

LA BELLE ACCOMMODANTE

Cleon, poussé d'humeur folâtre.
Regardait à son aise un jour
Les jambes plus blanches qu'albâtre
De Lise objet de son amour ;
Tantôt il s'attache à la gauche,
Tantôt la droite le débauche ;
Je ne sais plus, dit-il, laquelle regarder,
Une égale beauté fait un combat entr'elles.
Ah ! dit Lise, ami, sans tarder,
Mettez-vous entre deux, pour finir leurs querelles.

IN-PROMPTU

Vous me priez toujours de vous faire des vers,
Je vous l'ai dit vingt fois, Madame, en bonne prose :
Je les ferois tout de travers ;
J'aime mieux vous faire autre chose.

COUPLET

Air : *La faridondaine, la faridondon.*

Pendant six mois notre voisin
Crut sa femme hydropique ;
Mais en criant un beau matin,
Aye ! Aye ! J'ai la colique,
Elle accoucha d'un gros garçon,
La faridondaine, la faridondon,
Qui ressemble au pauvre mari,
Biribi
A la façon de Barbari
Mon ami.

BOUQUET A Mlle ***

En ce jour que je dois fêter,
Je vous présente ma personne ;
C'est le bouquet que je vous donne,
Mais voudrez-vous bien le porter ?

LA RAGE D'AMOUR

CONTE

A Cupidon, la jeune et belle Amynthe,
Malgré l'hymen, sacrifioit toujours,
Son pauvre époux toujours étoit en crainte,
Qu'elle ne fit de nouvelles amours.
Il ne pouvoit en siller la paupière,
Veilles, soucis l'eurent tôt emporté ;
Lui mort, Amynthe en pleine liberté,
A son humeur donna belle carriere,
On en jasa, son Curé crut devoir
L'en avertir : vous vous perdez, Madame,
Changez de vie, ou c'est fait de votre âme.
Hélas ! Monsieur, je voudrais le pouvoir,
Lui répondit la trop fringuante veuve ;
Mais plaignez-moi, tel est mon ascendant,
Que je ne puis avoir l'esprit content,
Si chaque mois, je n'ai pratique neuve.

Cela me vient d'un accident fatal,
A quatorze ans d'un chien je fus mordue,
Chien enragé : pour prévenir le mal,
L'avis commun fut qu'il me fallait nue,
Plonger en mer. Nue on me dépouilla,
Honteuse alors de me voir sans chemise,
Incontinent je portai la main là.....
Où vous savez, sans jamais lâcher prise :
On me plongea ; mais qu'est-il arrivé ?
C'est que mon corps, ô pudeur trop funeste !
Par-tout ailleurs du mal fut préservé,
Hors cet endroit où la rage me reste.

LE PRÉTENDU MALIN

Jean recherchoit pour l'hymenée
Paquette l'émerillonnée ;
Chacun disoit à Jean : Paquette a mauvais bruit,
Son honneur est un grand peut-être.
Oh ! dit Jean, la premiere nuit
Je saurai bien le reconnoître.

LA GAGEURE

Deux Penaillons voulant prendre un ébat,
Pour égayer l'ennui du Monastere,
Gageoient un jour deux flacons de muscat
A qui plutôt auroit dit son Bréviaire :
Ce n'est du tout agir chrétiennement.
Avant d'entrer en si plaisante lice,
Nos deux Frocards se prêterent serment
De ne sauter un mot du saint Office :
Le serment fait, les voilà donc en train
De marmoter ; quand l'un gagnant la fin,
Dit : Je n'ai plus qu'un bout de patenôtre.
Ah ! malheureux, tu m'as fourbé vraiment,
Car je ne suis qu'au milieu, répond l'autre,
Et j'ai passé tout le commencement.

L'ÉPOUX RASSURÉ

Un jeune Amant près sa Dame soupoit,
Le nerf tendu bien mieux que l'appétit ;
Advint que comme elle du pain coupoit
Dessus lui chut son coutelet petit,
Lequel cherchant sur lui, elle sentit
Un braquemart de plus rude allumelle,
Dont si soudain tira son bras à elle,
Que le mari lui prenant la main blanche,
Lui dit : ma mie, il pique fort et tranche,
Saignez-vous point ? — N'ayez peur, dit la belle,
Non, mon ami, je l'ai pris par le manche.

LE PAIEMENT D'AVANCE

Dans Paris plus d'un Bourgeois,
N'ayant maîtresse ni femme,
Pour un écu tous les mois
S'en va rafraîchir sa flamme,
Témoin Monsieur Rogaton,
Qui sait où le bât le blesse,
Et de temps en temps, dit-on,
Cede à l'humaine faiblesse.
L'autre jour une drôlesse
L'apperçut de son balcon,
Et la voilà qui l'invite
Par un st, st redoublé,
Mon homme de monter vite
Si-tôt qu'il est appellé,
Il entre : elle de lui dire,
Mon fils, sois le bien venu ;
C'est moi qu'on nomme Zelmire :
Ce nom, je crois, est connu.

Ici l'on trouve à sa guise,
Blancheur, fraîcheur, fermeté,
Ces trois mots sont ma devise :
Je suis en bonne santé,
Dans mes bras tout Paris tombe,
J'ai la gorge de Duté
Et les fesses de Colombe ;
Viens t'asseoir à mon côté
Et mets-moi vite à l'épreuve,
Mais auparavant fais preuve
De ta générosité.
— Dis-moi, combien tu demandes ?
— Combien ? Six livres, mon cher.
Et douze si tu marchandes,
C'est un prix fait en hiver.
Mons Rogaton sur la bouche
Un gros baiser lui colla.
Zelmire, d'un air farouche,
Il faut mettre six francs là,
Et sois sûr que sans cela
Je ne veux pas qu'on me touche :
Dépêchons ; il se fait tard,
Six francs ou bats en retraite ;
Rogaton les lui départ.

La Commere satisfaite
Ses charmes lors dévoila
En lui disant : me voilà
Comme le bon Dieu m'a faite.
— Ah! Ciel! je suis infecté.
Ici, que n'ai-je apporté
De l'ambre ou de la civette?
Cache, cache tes attraits,
Dit l'autre, je gagerois
Que tu n'as pas fait toilette.
Fi! — Si tu n'es pas content
Tu peux regagner la porte?
— Eh bien! rends-moi vîtement
Mes six francs, et que je sorte.
— Tes six francs : oh! doucement.
Je ne fais point de corvée :
On ne rend jamais l'argent
Lorsque la toile est levée.

IN-PROMPTU

*Chanté dans la maison de M. le Marquis de L***, à V***, le jour qu'on y pendit la Crémaillere.*

Sur l'Air : *La bonne aventure, ô gué.*

Comme de vrais *sans souci*,
Donnons-nous carriere,
Près des Dames que voici,
Liberté pléniere,
Sur-tout point d'Amant transi,
Car rien ne doit pendre ici
Que la Crémaillere, ô gué,
Que la Crémaillere.

LA CALOMNIE FOUDROYÉE

Oui, vous feriez en vain le délicat,
Monsieur l'Abbé, je ne serois pas dupe ;
Avouez, croyez-moi, que vous aimez la jupe,
Et sur ce point n'ayons plus d'altercat :
— Mais, Madame, jetez les yeux sur mon rabat...
— Toutes vos raisons sont frivoles...
— Vous êtes incrédule et voulez un éclat :
Eh bien ! retenez ces paroles :
Du cotillon je fais si peu d'état,
Que je donnerois cent pistoles
Pour que personne n'en portât.

LE TERME IMPROPRE

Nicolas, Meûnier d'Aniere,
Sur la pente d'un côteau,
Surprit un jour la Meûniere,
In flagrante delicto,
Avec Jacques son compere :
Va, lui dit-il en colère,
Notre Curé saura tout ;
Tu ne feras pas tes Pâques,
Mac... — Hom ! reprit Jacques,
N'est pas Mac.... qui f....

LA FENTE

CONTE

Orante avoit fait emplette
D'un quarteau de vieux Rota ;
Sa chambriere Paquette,
Un beau matin le goûta,
Et le trouva bon sans doute.
Elle y revint : Jean l'aida,
Verre à verre, goutte à goutte
La feuillette se vuida.
Au bout d'une quarantaine
Il advint que le Patron,
Qui croit sa feuillette pleine,
Va pour en prendre l'etrenne.
L'eut-il ? Vous savez que non.
Abusé dans son attente,
D'abord il est stupéfait,
Puis songeant que le vin tente,

Et se doutant du méfait
Il appelle sa servante
Et lui dit ce qu'elle sait.
Pourtant elle s'émerveille :
Jamais, jamais on n'a vu
Une aventure pareille.
Certe, qui l'auroit prévu ?
Répondit-elle à son maître,
D'où peut provenir cela ?
Quelque fente aura peut-être
Causé cet accident-là,
Nous pourrons le reconnaître.
Elle va prendre un flambeau,
L'allume, vient, fait sa ronde,
Rien ne manquait au tonneau :
Morgué, le tour est nouveau.
Voyons par-dessous, dit-elle.
Au même instant la donzelle,
En se baissant, met au jour
Ce qui plaît dans une belle,
Morceau digne de l'amour,
Et pour parler sans détour,
Le parois de sa Chapelle
Que couvroit un jupon court ;

C'est assez, lui dit Orante,
En lorgnant le défilé,
Viens que je bouche la fente
Par où mon vin a coulé.

LE REPENTIR SINCÈRE

Avec la brune et la blonde,
Un Prieur Bénédictin
Prit tant d'ébats qu'un matin
Il gagna le mal immonde :
Voyant son chose maigri,
L'horreur du crime le frappe ;
Fin, dit-il, qui m'y rattrappe
Avant que je sois guéri.

L'ARMURE DE VÉNUS

Venus maniait près de Mars
Son casque, son glaive, ses dards :
Armes de défense et d'attaque ;
Mais le Dieu lui cria soudain :
Belle, j'en ai sous ma casaque
De plus propres pour votre main.

A MA MAITRESSE

Qui, la veille en dînant chez moi, avoit paru désirer un serin que j'avois.

Reçois la cage et le serin charmant
Dont tu louois hier l'agréable ramage :
Il en reste encore un à ton fidèle amant ;
Mais c'est à toi de lui donner la cage.

LES DÉSOLATIONS ET LES CONSOLATIONS

VAUDEVILLE

Cloris avec un gros Seigneur,
L'hiver dernier, perdit sa fleur,
C'est ce qui la désole :
Mais alors elle n'avoit rien
Et maintenant elle a du bien,
C'est ce qui la console.

Lise avait Lindor pour amant,
Sa mere la met au Couvent,
C'est ce qui la désole :
Un Directeur qui vaut de l'or,
Près d'elle remplace Lindor,
C'est ce qui la console.

Lisimon est bien convaincu
Que son voisin le fait cocu,
C'est ce qui le désole :
En secret le drille malin
Rend la pareille à son voisin,
C'est ce qui le console.

ÉLÉGIE

Au diable soit la donzelle
Qui, me prenant par la main,
Me fit rebrousser chemin,
Et me conduisit chez elle !
Sot que je fus ce jour-là !
En arrivant dans sa chambre,
Sur un lit parfumé d'ambre
Ses charmes elle étala.
Las ! j'en perdis la parole.
Que faire ? j'étais vaincu :
Jean Chouart joua son rôle,
Barbe gagna son écu,
Moi je gagnai la v...

ÉPIGRAMME

L'épousé la premiere nuit
Rassuroit sa femme farouche.
Mordez-moi, dit-il, s'il vous cuit,
Voilà mon doigt en votre bouche :
Elle y consent, il s'escarmouche ;
Et quand il l'eut bien déhousée,
Or ça, dit-il, tendre Rouzée,
Vous ai-je fait du mal ainsi ?
A donc, répondit l'épousée,
Je ne vous ai pas mors aussi.

LE TRIOMPHE DE LA MAROTTE

OU

L'ESPRIT DE MES CONFRÈRES

CHANSON

Sur l'air : *O reguingué, ô lon lan la.*

Entre les différents états
Qui font vivre l'homme ici-bas,
On ne démêle qu'altercats,
Peines d'esprit, vains embarras :
Chez le Héros, chez le Pagnote,
Tout n'est que sottise et marotte.

La débauche plaît au Rentier,
Le faux point d'honneur au Guerrier,
L'opulence entiche un Caissier,
L'amour-propre le monde entier ;

Petits-Maîtres, Gens de maltote,
Chacun a son bien de marotte.

Mais laissant au joug de leurs fers
Tant de personnages divers,
L'Eglise fournit à mes vers
De quoi blasonner ses travers ;
Le plus mince porte-calotte
Donne prise à quelque marotte.

Le Pape avec les Cardinaux,
Vénérables Grippeminauds,
Pasteurs quelque peu larroneaux,
Font voir en tondant leurs troupeaux,
Malgré les statuts de la rote,
L'appât du lucre pour marotte.

Un Evêque dûment renté,
Plein d'embonpoint et de santé,
Au séjour de la volupté,
Dans une sainte oisiveté,
Sur le duvet qui le dorlotte
Laisse apercevoir sa marotte.

J'aime un Chanoine fortuné,
Qui, dans son fauteuil cantonné,
Prémédite après déjeûner
L'assortiment de son dîner,
Et qui baptise d'ostrogotte
La loi contraire à sa marotte.

Abbés charmants, petits collets,
Pour qui la mître a tant d'attraits,
Aussi souples que des valets,
En rodant autour des Palais,
J'opine ce qui vous balotte,
Les grandeurs sont votre marotte.

La gouvernante d'un Curé,
Sous un parentage ignoré,
Prend en vain le ton maniéré.
Je dis au bon Prêtre leurré :
L'amour entre vous et Javotte
N'a-t-il point mis quelque marotte?

Les Moines, par plus d'un endroit,
Meritent qu'on leur fasse droit ;
D'abord viennent ceux de Benoît,
Gens absolus, vrais pisse-froid ;

Craignez cette race dévote,
L'intolérance est leur marotte.

Un Bernardin au lansquenet
Fouette la carte en prestolet,
Hausse le temps, et d'un buffet
Range les crystaux au parfait,
Fredonne quelqu'air de gavotte :
Telle est au juste sa marotte.

Le Célestin entre deux draps
Coulait des jours sans embarras ;
Du Latin qu'il n'entendait pas,
Laissant l'usage aux Savantas,
Il trouvoit dans une marmotte
Le symbole de sa marotte.

Un gros Carme à triple menton,
Prélude fort bien sur le ton
Propre à l'amoureuse chanson ;
Mais au lutrin c'est un oison :
Il prouve, en écorchant la note,
Qu'un autre accord fait sa marotte.

Voulez-vous, au fond d'un cellier,
Goûter de ce jus singulier

Qui repose sur le chantier ?
Prenez pour guide un Cordelier ;
Bientôt en sifflant la linotte,
Il démasquera sa marotte.

Le Capucin peu délicat,
Né pour choquer notre odorat,
Tantôt zélé, tantôt pied-plat,
Emprunte la griffe du chat,
Et, des bribes qu'il escamote,
Dresse un trophée à sa marotte.

Prêcheurs, seccolans, Augustins,
Petits et grands Observantins,
Famille d'Archi-patelins,
Vrais escrocs, adroits carabins,
Orgueilleux au sein de la crotte,
L'impudence est votre marotte.

Hermaphrodites incertains,
Moitié Moines, moitié mondains,
Trinitaires, Génovéfains,
Antonistes, plats aigrefins,

L'eau de senteur, la papillotte
Manifestent votre marotte.

Chartreux, saintement désœuvrés,
Et vous rebondis Prémontrés,
Cafards, on le sait, attitrés,
Au demeurant, baudets jurés :
Ma Muse ombrageuse et capotte
Ne voit goutte à votre marotte.

Disciples du grand Loyola,
Après vous il faut dire, hola !
Quiconque franchit ce point-là,
Ne craint Charybde ni Scylla.
Pascal, Auteur de haute note,
A su frapper votre marotte.

Fine fleur d'un sexe rusé,
Tour-à-tour chéri, méprisé,
Tendres Nonains, si j'ai glosé
Sur le raz et sur le frisé,
Vous méritez bien qu'on vous cotte
Dans les fastes de la marotte.

Héritiers du vain caquet
De cet éloquent perroquet,
N'aguere chanté par Grasset,
Je vais prononcer votre arrêt :
Le babil et l'humeur bigotte
Sont votre éternelle marotte.

Indigne de former des nœuds,
La coquette attise nos fenx,
La prude évite leurs aveux,
La volage reste entre deux ;
Tandis que la froide vieillotte
Regrette en secret leur marotte.

Prédicateur hors de saison,
Quel fruit produira mon sermon ?
Du vent, rien plus. Jamais chanson
Ne fit un Saint d'un Pantalon.
Dans la liste que je fagotte,
Moi-même j'ai double marotte.

LES CINQ POINTS

A Mademoiselle de ***

Fleur de quinze ans, si Dieu vous sauve et gard,
J'ai en amours trouvé cinq points exprès.
Premièrement, s'offre à vous le regard,
Puis le parler, puis le baiser après :
L'attouchement le baiser suit de près,
Et tous ceux-là tendent au dernier point
Lequel est — Quoi ? — Je ne le dirai point ;
Mais s'il vous plaît en ma chambre vous rendre,
Je me mettrai volontiers en pourpoint,
Voire tout nud, pour vous le faire apprendre.

L'UN POUR L'AUTRE

CONTE

Pret de s'unir à sa discrette amie,
Le bon Damis, chez elle, un beau matin,
Sur un sopha la trouvant endormie,
Osa risquer un geste libertin ;
Mais par malheur s'éveille la Donzelle,
Et ses beaux yeux encore appesantis,
Mon cher Louis, ah ! tu vaux trop, dit-elle,
(Louis étoit un valet du logis,)
Toute la nuit, tu m'as prouvé ton zele,
Le jour au moins, repose-toi, Louis.

LA PRÉSENCE D'ESPRIT

Martin menoit son cochon au marché,
Avec Suzon, qui dans la plaine grande,
Pria Martin de faire le péché
De l'un sur l'autre, et Martin lui demande :
Mais, qui tiendroit notre cochon, friande ?
Qui ? dit Suzon, bon remède il y a :
Lors le cochon à sa jambe lia,
Puis Martin grimpe, et lourdement engaîne.
Le porc eut peur, et Suzon s'écria :
Serre, Martin, notre cochon m'entraîne.

LA DÉFENSE BIEN OBSERVÉE

Quoi ! maman me laisse seulette,
Pour moi j'en suis presque en courroux,
Il semble qu'exprès avec vous,
Je voulois rester tête-à-tête ;
Mais non, Monsieur, n'en croyez rien ;
Vraiment je vous le défends bien.

Pour favoriser le mystere,
Ma porte est fermée aux verroux ;
Ici sans crainte des jaloux,
On pourroit jouir et se taire ;
Mais non, Monsieur, n'en faites rien ;
Vraiment je vous le défends bien.

Prêt à rire de ma colère,
Peut-être que mon négligé,
Mon mouchoir un peu dérangé,
Vont vous rendre trop téméraire ;

Mais non, Monsieur, qu'il n'en soit rien ;
Vraiment je vous le défends bien.

Dans vos yeux je lis votre audace,
Vos regards dévorent mon sein ;
Vous allez y porter la main,
Votre bouche en prendra la place ;
Mais non, Monsieur, n'en faites rien ;
Vraiment, je vous le défends bien.

Mais que vois-je ? ma jarretière
Se défoit et tombe à mes pieds,
Souffrir que vous la rattachiez !
Oh ! pour cela je suis trop fière !
Non, non, Monsieur, n'en faites rien ;
Vraiment, je vous le défends bien.

Comprenant enfin la défense,
Par degré Damon s'enhardit,
A la belle il désobéit,
Pour prouver son obéissance,
Jusques au bout il fit si bien,
Qu'on ne lui défendit plus rien.

LE DÉGEL

Un jour d'hiver Robin tout éperdu,
Vint à Catin présenter sa requête,
Pour dégeler son chose morfondu,
Qui ne pouvoit quasi lever la tête :
Incontinent Catin fut toute prête,
Robin aussi prend courage et s'accroche,
On se remue, on se joue, on se hoche,
Puis quand ce vint au naturel devoir,
Ah ! dit Catin, le grand dégel approche ;
Oui, répond-il, je sens qu'il va pleuvoir.

HISTOIRE VÉRITABLE ET REMARQUABLE

D'UN ABBÉ

Qui avoit donné rendez-vous à une femme mariée; le mari instruit de ce rendez-vous, mit à sa chaste épouse une ceinture fort usitée en Italie.

Air : *Tarare, pon, pon.*

C'est approchant comm' ça,
Vers Novembre ou Décembre,
Que Flore me donna
Un rendez-vous pour ça :
En entrant dans sa chambre,
Flore dit, ah ! pour ça,
Ah ! l'abbé, sent-on l'ambre
Comme ça ?

La Dulac (1) est comm' ça ;
Replique
L'Abbé R'lique ;
Mais son ambre a cela
De me rendre comm' ça :
Abbé, dit-elle, unique,
L'on ne voit sonica,
Qu'un Ecclésiastique
Comm' ça

Je ne suis pas comm' ça,
Si preste !
Malepeste ?
Mon mari jaloux m'a
Mise en cage comm' ça,
La ceinture funeste
Que vous me voyez là,
Vous interdit un geste
Comm' ça

Je n'ai rien vu comm' ça,
Le traitre,

(1) Marchande renommée pour les Odeurs et les Parfums.

Dit le Prêtre,
Ce chien de mari-là !
Gêner un cœur comm' ça !
Sans que j'en sois le maître.
Cette vue a déjà
Fait que je cesse d'être
Comm' ça.

Une histoire comm' ça,
Dit la Belle,
Est nouvelle ;
Quel tour plaisant c'est là !
L'Abbé, j'en ris comm' ça,
L'Abbé riant comme elle,
Fait ses adieux, s'en va,
Laissant la Demoiselle
Comm' ça.

L'EXPÉDIENT FACILE

Martin étoit dedans un bois taillis
Avec Alix, qui de tendre manière,
Lui dit : Martin, le long de ces palis,
Ta mie Alix d'amour te fait prière ;
Mais, dit Martin, si quelqu'un par derriere
Nous surprenoit, ce seroit grand vergogne :
Bon, bon ! du cul vous ferez signe arrière,
Passez chemin, laissez faire besogne.

ON FAIT CE QU'ON PEUT

Blaise dont jadis le crédit
Valoit de Paris jusqu'au Gange
Est plus déchu que l'on ne dit,
Il s'endette du pain qu'il mange ;
Et Catin pour gagner de quoi
Mettre une chemise sur soi,
Lui met des cornes sur la tête :
Voyez quelle diversité,
Pour chasser la nécessité.
Blaise emprunte, et sa femme prête.

LE QUIPROQUO

OU

COLIN-MAILLARD

Un jour deux capucins, l'un Pere et l'autre Frere,
En regagnant Paris, passoient par Bagnolet ;
Les filles, ce jour-là, pour fêter Sainte Claire,
S'égayoient et dansoient au son du flageolet.
Mes compagnes, s'écria Rose,
D'un excellent projet je veux vous faire part :
Voila Frere François, avec Pere Bernard ;
Qu'on les fasse approcher, et puis qu'on leur propose
De jouer à Colin-Maillard ;
Je gage mon sabot qu'ils acceptent la chose.
Rose savoit de bonne part
Que jamais Capucins ne craignirent la glose.
On les appella donc, et le couple gaillard
Eut bientôt mis besace et bâton à l'écart ;
Ils tirerent au sort, à ce que dit l'histoire,

L'un était jeune, l'autre vieux,
Et grâce à la bonté notoire
De l'être prévoyant qui fait tout pour le mieux,
Le sort échut au jeune, on lui banda les yeux :
Vous le voyez d'ici tourner à l'aveuglette,
Aller à droite, à gauche, à grands, à petits pas,
Les deux jarrets tendus aussi-bien que les bras,
Et le corps en avant comme un chasseur qui guette,
Il avoit tant tourné qu'enfin il étoit las,
Quand par bonheur une fillette
Vint le tirer par sa jacquette;
C'étoit Rose, il la jette à bas;
Et portant une main légere
A certain endroit défendu :
C'est vous, dit-il, Révérend Pere,
Votre barbe vous a vendu.

L'INOCULATION

CONTE

La petite vérole est un mal, belle Agnès,
Dont, passés dix-huit ans, on ne guérit jamais,
Dit un jeune Esculape, ou du moins, c'est bien rare ;
Vous en avez quatorze, à mes soins fiez-vous,
Que d'un poison traître et barbare,
Je sauve avec vos jours des charmes aussi doux,
Souffrez enfin... que je vous inocule.
— Oh ! vous me ferez mal. — Très peu.
Vous verrez que ce n'est qu'un jeu ;
Votre frayeur est ridicule. [à demain.
— A Demain. — Aujourd'hui. — Non, non. — Soit,
Le lendemain, Agnès toujours tremble et résiste ;
Notre Inoculateur, comme on le croit, persiste,
Il fait l'insertion autre part que Tronchin.
Agnès crie, ensuite se prête
A ses efforts : l'opération faite,

Que n'allez-vous, dit-elle, votre train?
Vous n'auriez qu'à m'avoir manquée!
Il double, il triple, il cesse. — Encor un autre grain,
Quand j'en devrois être marquée!

LA MUETTE

CHANSON

Air : *Je vous prêterai mon Manchon.*

Dans un bosquet, près de Lisette,
Colin parloit de ses amours ;
La belle faisoit la muette,
Par signe approuvant son discours ;
Que dois-je, dit-il, penser de ce geste
Si ton cœur ne me dit le reste ?

Mais Mamzelle Louison, répondez donc,
Dites oui ou non,
Comment trouvez-vous ça,
Suis-je bien là ;
Comment trouvez-vous ça.

Dans son silence elle s'obstine,
Colin pour la faire jaser,

Sur la bouche de la mutine,
Prend et reprend un doux baiser;
Je sens, dit-il, qu'il augmente ma flamme,
Mon feu passe-t-il dans ton âme ?
Mais Mamzelle Louison, etc.

Ma foi je n'y puis rien comprendre,
Dit-il, en découvrant son sein,
Quoi ! faut-il pour se faire entendre,
Promener là-dessus ma main ?
Je vois, je sens que mon âme est joyeuse;
Ah ! tu n'es donc pas chatouilleuse ;
Mais Mamzelle Louison, etc.

Pas un mot, pas une parole,
Ma foi, dit-il, tu parleras,
Je suis pressé, le temps s'envole.
Soudain il la prend dans ses bras,
Puis avec elle il tombe sur l'herbette :
Eh bien ! à qui tient-il Lisette ?
Mais Mamzelle Louison, etc.

Lise d'un œil mourant et tendre
De Colin imite l'ardeur ;

Et sans songer à se défendre
Souffrit qu'il fût trois fois vainqueur :
Eh bien! dit-il, sens-tu comme je t'aime,
A présent m'aimes-tu de même?

Mais Mamzelle Louison, etc.

Ah! fort bien, lui répond Lisette,
Laissant échapper un soupir,
Le désir me rendoit muette,
Mais je parle, grâce au plaisir;
Ami, tu peux à présent sans obstacle
M'interroger. — Ah, quel miracle!
Quoi! Mamzelle Louison, vous parlez donc?

Le tour est bon,
Vous parlerez demain
Avec Colin,
Vous parlerez demain.

L'OBSTACLE

CONTE

A quoi bon prodiguer les mots?
Tous nos Conteurs, pour l'ordinaire,
S'épuisent en avant-propos;
N'en faisons point, allons droit à l'affaire.
Un Jouvenceau taillé pour plaire,
Après avoir bien soupiré,
Menti, promis et conjuré,
(C'est des amants le langage vulgaire)
Parvint près de sa belle au moment désiré;
Il touchoit à son but, quand, par triste aventure,
Sans pouvoir avancer d'un pas,
Il se démene, il souffle, il sue, il jure;
On peut, je crois, jurer en pareil cas,
Disons le fait : Dame nature
Avoit fermé d'amour la gentille serrure,
Si bien que la clef n'entroit pas.

Certain barreau, mais on m'entend de reste ;
Qu'amour, jeunes beautés, veuille vous préserver
D'un accident aussi funeste !
Ainsi soit-il. Venons à notre Amant.
Le désir dans ses sens, par l'obstacle s'enflamme,
Il redouble d'efforts, mais inutilement ;
D'amour et de colere, il enrage en son ame :
On peut se fourvoyer quand on marche à tâton.
Son chalumeau déjà baissant d'un ton,
Dans le sentier voisin... Arrêtons, et pour cause :
Car ce sentier... ma foi, je n'ose
Vous le nommer ; mais je peux, sans qu'on glose,
Dire que sa Vénus ne fut plus qu'un giton.
A ce nouvel assaut n'étant point préparée,
En vain la belle *imperforée*
Lui crie : arrêtez donc, quel est votre dessein ?
Rien de plus simple que la chose,
Répond le gars : chez vous je trouve porte close,
J'écris mon nom chez le voisin.

LE TRIBUT CONJUGAL

La Marquise de Montuza
Etant presque sexagénaire,
Aimoit un jeune Mousquetaire
Qui, pour ses écus, l'épousa;
La première nuit le compere
Lui dit, en lui serrant la main :
Madame, en vertu de l'himen
Ne puis-je pas sans vous déplaire...?
Vous m'entendez... Oui, mon poulet,
Fais tout ce que tu voudras faire...
Le Mousquetaire fit un pet.

LE CONSEIL INUTILE

Madame, il se répand un bruit qui vous outrage :
Monsieur le Président, dit-on,
Sans respecter les nœuds du mariage,
Tous les jours en secret fait un petit giton
Du Chevalier qui de votre maison
Occupe le troisième étage.
Chassez donc, croyez-moi, ce vilain personnage ;
Pour fermer la bouche aux railleurs,
Et sur-tout pour votre avantage :
Votre époux ne doit pas aller répandre ailleurs
Un bien qui n'est qu'à votre usage.
— C'est bien dit : cependant si vous le trouvez bon,
Madame, vos conseils n'auront pas mon suffrage ;
Vous ne connoissez pas le chevalier Cléon :
Ce bon ami, cet honnête garçon
Ne veut rien avoir à personne ;
Il n'est pas tel qu'il vous paroît,
Et me rend avec intérêt
Ce que le Président lui donne.

LA CONFIDENCE

Babet vous avez du chagrin.
— Oui vraiment je suis désolée ;
— Et de quoi ? — De ce que Martin
Cet hiver-ci m'a violée.
— Ciel...! contez-moi vite cela.
— Ah ! Monsieur, c'étoit un Dimanche
J'avois mis, ce Dimanche-là,
Une jupe de Perse blanche,
Martin me vit et m'appella..
Le traitre étoit dans une grange,
J'y fus sans trop savoir pourquoi :
Babet, me dit-il, sur ma foi,
Vous êtes belle comme un Ange !
Lors, il me mena dans un coin,
Et là près d'un grand tas de foin,
De beaux compliments il me berce ;
Je riois : il me saute au cou,
Me fait tomber à la renverse.

Et puis prenant je ne sais où
Un... chose roide comme un clou:
Leve, me dit-il, ou je perce :
Je levai ma jupe de Perse,
De crainte qu'il n'y fit un trou.

LE CHAPELAIN

CHANSON

Sur l'air : *Ne v'là-t-il pas que j'aime.*

Il me falloit faire une fin
Comme tout bon Apôtre,
Je suis devenu Chapelain,
Ce poste en vaut un autre.

Iris m'offroit à desservir
Sa gentille Chapelle ;
Je n'ai jamais su qu'obéir
Aux ordres d'une belle.

Elle est au fond d'un bois couvert,
Gardé par le mystère ;
Son sanctuaire n'est ouvert
Qu'à mon seul ministere.

Un double autel de marbre blanc
  Est de sa dépendance,
Mais ce bénéfice important
  Oblige à résidence.

Sans Vicaire, de jour, de nuit,
  Suivant les anciens rites,
Je fais l'office à petit bruit
  Avec deux Acolythes.

Quoi qu'en puissent dire les gens,
  Même aux Fêtes de Vierge,
Dans ma Chapelle, en tous les temps,
  Je n'allume qu'un cierge.

Gros Prieurs et brillants Prélats
  Tout engraissés d'offrande,
Non non, je ne troquerois pas
  Avec vous de Prébende.

LE MARCHAND DE LOTO

ÉTRENNES

AUX DAMES

A mon loto, soir et matin,
Sous vos doigts un brillant destin
Portera des boules heureuses ;
Ce que j'assure, je le fais :
Si vous en êtes curieuses,
Mesdames, faites-en l'essai
A mon loto.

Un peu de secours fait grand bien ;
Tant soit peu d'art ne nuit à rien,
Il faut quelquefois s'en permettre ;
C'est mon avis ; on ne sauroit
Le dédaigner et se promettre
Tout l'avantage qu'on auroit
A mon loto.

Jamais une joueuse habile
Ne tint son sachet immobile,
Il faut l'agiter prestement ;
Il faut que mollement pressée
Entre ses doigts légèrement
La boule ait été caressée
A mon loto.

Selon son goût ou son talent,
On a le tirer prompt ou lent ;
Il n'y faut aucune science,
Ou s'il en faut, il en faut peu ;
Un quart-d'heure d'expérience
Suffit pour bien jouer le jeu,
A mon loto.

De celles qu'un ambe contente,
Il se plaît à tromper l'attente,
Fi de l'ambe ! il est trop commun ;
D'un terne la chance est mesquine ;
D'un terne ? Oui, de deux jours l'un,
Je puis vous répondre d'un quine
A mon loto.

Au quaterne, par accident,
S'il se réduit en attendant,
La perte est bientôt réparée.
Le jour qui suit ce jour fatal,
On peut compter sur la rentrée
De l'intérêt du capital
A mon loto.

Mais de la superbe machine
Le pouvoir merveilleux décline
De jour en jour ; c'est son défaut.
Je vous en préviens, blonde ou brune ;
Vous n'avez que le temps qu'il faut,
Si vous voulez faire fortune
A mon loto

Ma demeure est à Vaugirard,
Tout vis-à-vis maitre Abelard,
Qui montre aux enfants la Musique :
L'on se pourvoit, ou l'on souscrit.
Sous mon enseigne magnifique,
En lettres d'or, il est écrit :
Au grand loto.

LE LENDEMAIN DE NOCES

FOLIE DIALOGUÉE

Hier soir, ma chere maman,
Tout bas vous me fîtes entendre
Que la nuit je devois m'attendre
A passer un mauvais moment.
Tout en tremblant, pauvre innocente,
J'attendois cet instant fatal.....
Hélas ! le bon Monsieur Chrysante
Ne m'a pas fait le moindre mal.
— Est-il vrai, ma fille ? — Au contraire,
Il ne m'a fait que du plaisir.
Quand nous fûmes au lit, « ma chère,
Je puis t'embrasser à loisir,
Dit-il ; » aussi-tôt il me baise
Sur chaque joue... et même... — Eh bien,
Comment tu rougis, ma Thérèse ?..
Qu'a-t-il fait ? ne me cache rien.

— Vous m'aviez, qu'il vous en souvienne,
Défendu de rien refuser. .
— Sans doute, aurait-il...? — Sur la mienne
Sa bouche prit un doux baiser.
— Et puis...? — Il me dit à l'oreille :
Bon soir, et s'endormit soudain.
— Ma pauvre enfant...! et ce matin?
— Ah! plus tendre encor que la veille,
Il me dit d'un air caressant :
Ma chere femme, je t'adore,
Et me le prouve en m'embrassant.
— Et puis...? — Puis il m'embrasse encore ;
— Ensuite? — Du lit il descend,
Afin, dit-il, que je repose :
Peut-on être plus complaisant?
— Il ne t'a pas fait autre chose?
— Eh! non : c'est l'homme le plus doux.
Maman, vous lui faites injure...
Quoi! vous pleurez...? Mais je vous jure
Que je n'ai pas de mon époux
Reçu la moindre égratignure.

LE CONFESSEUR EXEMPLAIRE

Au temps de Pâque, aux pieds de Pere Jule,
Se confessoit un jeune Garnement,
Et des péchés dont fait dénombrement,
Cil de Sodôme honoroit la cédule.
— Qu'ai-je entendu ! Ciel ! quel égarement !
Que de pêcheurs aux infernales flammes
Livrés pour ce dont vous vous accusez !
Défaites-vous de ces amours infames,
De notre sexe, ô mon cher fils, n'usez,
Et comme moi, ne voyez que des femmes.

L'ESPRIT FORT

CONTE

Aux pieds d'un Directeur, Climene, un beau matin,
 Avec un repentir sincere,
Déclara nettement que le petit Colin
 N'étoit pas le fils de son père.
 Halte là, dit le Confesseur,
Pour un *Confiteor* vous n'en serez pas quitte;
Il en faut deux au moins, ce crime fait horreur,
Faut-il qu'injustement votre enfant déshérite
 Un légitime successeur ?
 Il faut, Madame, vous résoudre
 A confesser le fait à votre époux,
 Sans quoi je ne puis vous absoudre.
 L'avouer ne se pouvoit pas,
 La voilà dans un embarras
Qu'on ne peut exprimer, car enfin l'aventure
 Etoit à digérer trop dure.

Il fallut succomber, et d'un mortel chagrin,
Tomber dans une maladie,
Qui pensa lui coûter la vie.
Sur le rapport du Médecin,
Son époux connoissant que la mélancolie
Alloit couper la trame de ses jours,
La pria d'en dire la cause.
Elle veut l'en instruire, et jamais elle n'ose.
Ose tout, dit-il, mes amours :
Rien ne me déplaira, pourvu qu'on te guérisse ;
Quoi ! faut-il qu'un secret te donne la jaunisse,
Et qu'une femme meure, à faute de parler ?
Cela seroit nouveau. — Je vais tout révéler,
Puisqu'aussi bien, dit-elle, un repos favorable
Doit terminer bientôt mon état déplorable :
J'étois à la maison des champs,
Où je faisois la ménagère,
Quand la voisine Alix, par des discours touchants,
Auxquels on ne résiste guere,
Me prouva qu'avoir des enfants
Etoit à vous chose impossible,
Me prôna les malheurs de la stérilité,
Qui chez les Juifs passoit pour un défaut terrible :
Puis dans un jour charmant me fit voir la beauté

D'une heureuse fécondité.
Je me rendis, hélas! à cette douce amorce,
Et Lucas, le Valet de notre Métayer,
Avec moi se trouvant un jour dans le grenier,
Je me souvins d'Alix, et je manquai de force.
Il est, cela soit dit sans vous mettre en courroux,
A faire des enfants plus habile que vous.
Je lui parlai d'amour, il comprit mon langage,
Et sur un sac de bled, sac funeste et maudit!
Faut-il en dire davantage?
De ce malheureux sac, notre Colin sortit.
A Lucas je donnai, je pense,
Quelques boisseaux de bled pour toute récompense.
Si je vous ai trahi, je meurs, pardonnez-moi,
A cela près, toujours je vous gardai ma foi.
— N'est-ce pas de mon bled que tu payas l'ouvrage?
Lui répondit Damis, nullement effrayé,
Cet enfant est à moi, puisque je l'ai payé,
Ne m'en parle pas davantage.

COUPLET

Sur l'air : *De Nina.*

Après avoir fourni trois fois
L'amoureuse carriere,
Le pauvre Colin aux abois
Ne pouvoit plus rien faire.
Sa Maîtresse ainsi le voyant,
S'écria tout en pleurant :
Ah! quel tourment,
Quand l'instrument
Duquel le plaisir dépend,
Pend!

ÉPIGRAMME

Un jour Fanchon la Couturière
Acheta d'un Fripier un lit pour vingt écus.
Elle a gagné, dit-on, deux cents louis dessus.
Ah ! c'est une grande usurière.

LE CAS DÉCIDÉ

Un jeune Peintre au Prieur des Grands-Carmes
Vint s'accuser d'un cas assez nouveau :
Pere, j'ai peint Vénus sortant de l'eau,
Ses bras, son cul, sa gorge et tous ses charmes.
D'abord j'en fus amoureux comme un fou ;
Et pour jouir un peu mieux qu'en peinture
Je m'avisai. — De quoi ? — De faire un trou
Dans ma Déesse, et par cette ouverture,
Un beau garçon que je mis en posture,
M'introduisit, vous devinez bien où :
Or, estimez la chose en conscience.
En tout ceci, mon principal dessein
Fut de jouir d'un objet féminin :
Le péché n'est de Rome ou de Florence.
— Mon cher enfant, je comprends votre cas,
Dit le Pater : la plaisante folie !
Je vous absous, mais n'y retournez pas,
Car dans le fond c'est pure b....ie.

LE FAUX JUPITER

J'ai toujours craint les gens portant soutane ;
D'un saint habit couvrant un cœur profane,
Que de bons tours ces Messieurs-là nous font !
Séduire Agnès, planter cornes au front,
Ce sont pour eux miseres, peccadilles,
O gens de biens ayant femmes ou filles,
N'oubliez pas ce salutaire avis :
Si par malheur entre à votre logis
Homme d'Eglise, ou Capucin, ou Prêtre,
Je vous le dis : chassez vite le traitre;
Il vient chercher aventure pour lui,
Ou bien peut-être intriguer pour autrui.
D'un vilain nom ce dernier cas s'appelle;
Mais à l'honneur la cafarde sequelle
A de tout temps préféré les écus :
Quoi qu'on propose à ces crânes tondus,
En les payant on est sûr de leur zele.
Pour appuyer mon avis là-dessus,

Je veux vous dire une histoire assez belle
Touchant Pauline et son ami Mundus,
Pauline étoit une jeune Romaine,
Veuve à vingt ans, et belle comme Hélene,
Mais prude outrée, avare de faveurs,
Et de l'amour dédaignant les douceurs.
De mille amants à toute heure entourée,
Elle aimait bien à s'en voir adorée,
Mais rien de plus : « Non, disait-elle, non,
« Ne vantez point l'attrait imaginaire
» D'un vain plaisir qui n'en a que le nom :
» Faut-il des sens pour aimer et pour plaire ?
» Eh ! laissons-les au stupide vulgaire.
» Pour moi, j'exige un amour de raison,
» Pur, dégagé des nœuds de la matiere,
» Tel en un mot que le prescrit Platon.
» Je n'aimerai jamais d'autre manière ».
Tous ses amants jeunes, pleins de desirs,
Peu satisfaits d'un amour sans plaisirs,
De ses sermons bientôt se rebuterent :
L'un après l'autre enfin ils la quitterent :
Un seul resta, ce fut le beau Mundus,
Bien fait, galant, et digne de sa flamme,
Par des cadeaux, par des soins assidus,

Il n'avait pu toucher encor la Dame :
Las de se plaindre, enfin le pauvre amant,
Pour réussir, eut recours à la ruse :
Tout galant homme en auroit fait autant,
Et quant à moi, de bon cœur je l'excuse.
Pauline étoit dévote à Jupiter :
D'une Dévote un Directeur est maître :
L'adroit Mundus en sut bien profiter :
De Jupiter il gagne le Grand-Prêtre,
Et lui fait part de son tendre projet,
Le Directeur mis dans la confidence,
Très-bien instruit, très-bien payé d'avance,
Court chez Pauline et lui parle en secret :
« A quel bonheur vous êtes réservée !
» Ma chere fille, ah ! réjouissez-vous :
» Au rang des Dieux vous serez élevée,
» Et vous verrez la terre à vos genoux.
» Oui, cette nuit, ce n'est pas un mensonge,
» Le Roi des Dieux a daigné dans un songe
» Me révélér ses décrets absolus,
» Et de sa part, je viens ici moi-même
» Vous annoncer, quel honneur ! qu'il vous aime.
— Moi ! dit d'un ton modestement confus,
» La belle prude. — Oui, vous, répond le Prêtre,

» Et dès ce soir il exige de vous
» Dans son saint Temple un entretien bien doux.
» Lorsque la nuit sera prête à paroître,
» Courez, volez à la gloire, au plaisir.
» Hâtez-vous donc, et quoi qu'on vous demande,
» Quand le Ciel parle, on ne doit qu'obéir. »
Après ces mots prononcés en Prophete,
Il laisse là sa dévote inquiete.
Rêvant tout bas à ce propos flatteur,
Et ne croyant qu'à peine un tel bonheur.
Tout en rêvant, elle fait sa toilette :
Quoique dévote, on est un peu coquette :
Dans le miroir ses appas répétés
Frappent d'abord ses regards enchantés.
En se voyant, elle commence à croire
Que Jupiter, tout Jupiter qu'il est,
Peut bien l'aimer sans manquer à sa gloire :
Elle est si belle ! elle-même se plaît.
Et par degrés s'attendrit et soupire,
Bientôt ses yeux pleins d'un tendre délire
Avidement parcourant son beau corps :
Dieu ! que d'attraits à la fois elle admire !
Gorge d'albâtre et mille autres trésors,
Trône charmant de l'amoureux empire.

Tout redoublant sa vive émotion,
Redouble aussi sa bonne opinion :
Sa vanité s'en nourrit et l'augmente ;
Certain désir qui tout bas la tourmente,
S'y joint encor : bref pour conclusion,
Dès que la nuit lui parut assez sombre,
Notre dévote, à la faveur de l'ombre,
D'un pas léger que le désir conduit,
Arrive au Temple : un Prêtre l'introduit,
Là son amant prodiguant la dépense,
Avoit orné galamment le réduit
Qui devoit voir triompher sa constance,
Et se livrant au plus heureux espoir,
D'une Chapelle avoit fait un boudoir,
L'art s'y joignoit à la magnificence :
Pauline arrive à ce charmant séjour,
Ivre à la fois et d'orgueil et d'amour :
Elle va voir le Roi des Cieux lui-même :
Elle entre... O Ciel ! Quelle surprise extrême !
Elle s'écrie : ah ! Mundus, quoi ! c'est vous !
— Oui, lui dit-il, tombant à ses genoux,
Oui, c'est Mundus dont l'amoureuse adresse,
En vous trompant, vous prépare en ces lieux
Tous les plaisirs qui suivent la tendresse :

Pour un moment, nous sommes seuls tous deux :
Si vous vouliez, quel moment plein de charmes !
Il prend sa main, il la baigne de larmes,
Il fait valoir ses transports et ses feux :
Pauline reste immobile, interdite :
Son amour-propre, un reste de pudeur
Parlent encor dans le fond de son cœur :
Mais le désir par ces délais s'irrite :
Son teint s'anime et sa gorge palpite :
Ses yeux chargés d'une douce langueur,
A son amant laissent voir sa foiblesse :
Il en profite, il ose, il prie, il presse :
Pauline enfin ne peut lui résister,
Et dans les bras de sa belle Maîtresse,
L'heureux Mundus, pour prix de son adresse,
Jusques au bout remplaça Jupiter.

LE SOMMEIL DE VÉNUS

CHANSON

Sur l'air : *O Filii et Filiæ.*

Mars trouva Vénus à Paphos,
La belle dormoit sur le dos :
Voyons, dit-il, tout ce qu'elle a.
Alleluia !

Il alla déranger soudain
L'écharpe qui couvroit son sein :
Plus blanc que neige, il le trouva.
Alleluia !

Sa main eut la témérité
D'en tâter la rotondité,
Le sentant ferme, il s'écria :
Alleluia !

Enivré de si doux plaisirs,
Il forma de nouveaux désirs,
Et de baisers se régala.
Alleluia !

De cent façons pour l'admirer,
Il se mit à la reviser :
Ce qui s'augmente s'augmenta.
Alleluia !

Vénus fermant toujours les yeux
Se plaça pourtant de son mieux,
Et le Guerrier en profita.
Alleluia

Bon, bon, disoit Mars qui sentoit
Qu'en dormant on le secondoit,
Dormez toujours comme cela.
Alleluia !

A peine un jeu se finissoit,
Qu'un autre se recommençoit :
Trois jours entiers cela dura.
Alleluia !

Mais enfin Vénus s'éveillant,
Dit au Dieu, presqu'en rougissant :
Eh ! quoi, Monsieur, vous étiez là !
Alleluia !

QUATRAIN

*A Madame***, dont le mari est*
boiteux et jaloux.

Comme Vénus, vous êtes belle,
Vulcain est aussi votre Époux ;
Et je voudrois faire pour vous
Tout ce que Mars faisoit pour elle.

L'ENTHOUSIASME GASCON

Ces jours passés, dans un cercle gaillard,
On demandoit ce qui plaisoit aux Dames ?
Les petits soins, dit un jeune Mignard ;
Par la sambleu ! s'écrie un vieux paillard,
Mon bel ami, tu connois bien les femmes !
Si tu ne veux passer pour un nigaud,
Tranche et dis-nous, c'est un v.. qu'il leur faut,
Car les fourreaux sont tous faits pour les lames.
Sandis ! mon cher, cria certain Gascon,
Embrasse-moi, tu parles comme un c...

LE CRI DU CŒUR

Pere Brichard exploitait Sœur Colette,
Sans débrider pour la sixième fois,
Et deux encor, tant qu'enfin la Nonette,
Qui, se lassant, les comptoit par ses doigts,
Lui dit : « Pater, c'est assez nous ébattre :
Oui, je le jure, et de par Saint-Julien,
Qu'au jeu d'amour vous seul en valez quatre.
— Par la corbleu, suis-je Carme pour rien ?

LA BÉNÉDICTION TROP CHERE

OU

LE CONSEIL D'ALIX

Le grand Colas et la jeune Denise
Amoureux, pauvres et contents,
Suivis de leurs parents, s'en alloient à l'Église
Dire un oui, faire une sottise,
Dont maint époux s'est repenti long-temps.
Tout étoit disposé pour cette grande fête ;
On commence, et déjà messire Jean s'apprête
A prononcer le conjungo fatal,
Quand tout-à-coup un scrupule l'arrête.
Avant que d'achever, il ne seroit pas mal,
Leur dit-il, de faire une pause.
Or, dites-moi, s'il vous plaît, et pour cause,
Ce que vous me donnez pour le droit pastoral ?
— Nous avons mis soixante sols ensemble,
Que vous prendrez, si bon vous semble,

Répond Colas, surpris de cette question.
— Soixante sols ! je serois un pauvre homme
De donner pour si peu ma bénédiction.
Maître Colas, amplifiez la somme,
Mettez encor vingt sols avec l'écu.
— Quatre francs pour être cocu,
S'écria tout haut un bon drôle !
Messire Jean, quel monopole !
J'en donnerais volontiers neuf,
Et plus encor pour être veuf.
— Oui, je veux quatre francs sans rabattre une obole.
Laisons les discours superflus :
Quatre francs, ou n'en parlons plus :
Robin, ôte moi mon étole.
Denise alors prit la parole.
Colas et moi, dit-elle, avions deux petits lits
Nous venons de les vendre à la commere Alix,
Pour avoir une grande couche.
Que je suis malheureuse, hélas !
Messire Jean, que la pitié vous touche :
Où donc ira coucher Colas,
Si vous ne nous mariez pas ?
— Vraiment, voilà bien du mystere,
Dit la commere Alix : jour de Dieu, laissez faire,

Messire Jean y perdra son latin.
Quand je fus promise à Lubin,
Défunt notre Curé voulut agir de même,
Mais il ne fut pas le plus fin ;
Lucas et moi d'accord, nous allâmes bon train ;
Si qu'au bout de neuf mois, approchant le Carême,
Mon ladre de Curé se vit réduit enfin
A faire au même jour mariage et baptême,
Le tout pour un écu. Faites comme je fis,
C'est un profit tout clair. — Je suis de votre avis
Repart Denise, eh bien ! Colas, prenons l'avance,
Le Ciel sait nos intentions,
Il sait aussi notre indigence :
Il voit notre Curé manquer de complaisance.
Celui-ci répondra de ce que nous ferons ;
Et puisque sans argent il ne veut pas qu'on danse,
Allons, et mettons-lui le plus que nous pourrons
De péchés sur la conscience.

EPITRE CONSOLANTE

A UN COCU

Consolez-vous, Monsieur Fumet,
Gens de Robe, Gens à Plumet
Ont un destin pareil au vôtre :
C'est le bon Dieu qui le permet.
Le grand prophete Mahomet
N'en fut pas plus exempt qu'un autre.
Il prit pour femme Cadigha.
Celle-ci, d'humeur un peu chaude,
Dans son cher époux distingua
Des façons qui sentoient le Claude,
Lors Dieu sait comme elle intrigua :
Un ribaud plut à la ribaude,
Ce ribaud qui la subjugua
Etoit un gros Prieur de Carmes :
Mahomet le sut, le nargua,
Et prit un croissant pour ses armes.

Bel avis aux gens délicats ;
Quand il auroit fait des éclats,
Quand il auroit battu sa femme,
Au jour marqué pour son trépas,
En auroit-il moins rendu l'ame ?
Ce fut, suivant un érudit,
A Médine qu'il la rendit :
En mangeant un gigot maudit,
Il lui prit une sueur froide
Qui le força d'aller au lit.
Au fait : quand on l'ensevelit
On lui trouva le *caîche* roide.
(Caîche est synonyme de v..)
Soudain le bruit s'en répandit.
Sa veuve accourt, elle s'écrie :
Ah ! certe, j'aurois eu grand tort
D'avoir passé plus d'une envie
Avec un Moine, vrai butor,
Si mon époux qui disoit d'or
L'avoit porté pendant sa vie
Comme il le porte après sa mort !

L'AVOCAT

POUSSÉ A BOUT

Un avocat fut consulté
Par un Tendron d'aimable mine,
Qu'un Gars avoit trop insulté.
L'homme de Loi qui l'examine,
Trouve sous sa simple étamine,
Deux grands yeux pleins de volupté :
Certain air de naïveté,
Peint sur sa figure enfantine,
Un sein par l'Amour agité,
Qui se soulève, se mutine,
Et semble en sa captivité
Appeller une main lutine,
Qui lui rende la liberté.
Notre Avocat est transporté ;
Il lorgne une taille divine,
Des pieds mignons et délicats ;

Et ce qu'il voit de tant d'appas,
Ne vaut pas ce qu'il en devine.
Avec ces titres de faveur,
On peut compter sur la ferveur
Du Legiste le plus austere.
Le nôtre, expert dans tous les droits,
Avoit, dit-on, plus d'une fois,
Pris ses licences à Cythere.
Enfin, près de la belle assis,
Il veut, sans détour, sans mystere,
De son cas savoir le précis.
« Las ! dit la belle désolée,
» Je vais rappeler mon esprit,
» Et vous conter comment s'y prit
» Le frippon qui m'a violée.
» Il avoit un air tendre et doux,
» La taille la mieux découplée,
» Et le regard... tout comme vous ».
Notre grave Jurisconsulte,
Flatté d'avoir les mêmes traits,
En ressent une joie occulte :
Et rajeuni par tant d'attraits,
S'approche encor un peu plus près
De la beauté qui le consulte.

« Poursuivez ce récit, dit-il,
» Car votre affaire m'intéresse.
— » Ah ! Monsieur, qu'il étoit subtil !
» Que l'Amour inspire d'adresse !
» Ses yeux sur mes foibles attraits,
» Se promenoient avec ivresse ».
L'Avocat qu'un même feu presse,
N'a pas des regards plus discrets.
« Ce n'est pas tout, sa main hardie
» Saisit la mienne au même instant ».
Vous sentez, sans que je le die,
Que l'Avocat en fait autant.
« Ce n'est pas tout, sa perfidie
» Méditoit un autre dessein ;
» Et toujours plus audacieuse,
» Bientôt sa main licencieuse,
» Fourrage les lys de mon sein ».
Notre-Avocat sur ce modèle,
Glissant une furtive main,
A travers la gaze infidelle,
Enfile le même chemin.
« Ce n'est pas tout, d'un air farouche,
» A ses feux je veux m'opposer ;
» Déterminée à tout oser,

» Sa bouche se colle à ma bouche ».
L'Avocat que l'exemple touche,
Ravit un semblable baiser.
Ravit! je faux, on le lui donne,
On feint de n'y pas consentir :
Mais c'est pour mieux faire sentir
Le prix de ce qu'on abandonne.
Femmes, osez me démentir :
Celle qui jamais ne pardonne,
Est trop sujette au repentir.
« Ce n'est pas tout, son feu redouble,
« Il me transporte malgré moi ;
» Les genoux tremblants, et l'œil trouble...
» Je ne sais plus ce que je voi ».
L'Avocat non moins troublé qu'elle,
Répete une leçon si belle ;
Tous deux bientôt perdent la voix ;
Tous deux se plongent à la fois,
Dans une extase mutuelle.
Notre Avocat crut jusqu'au bout
Avoir imité son modele.
« Ce n'est pas tout, dit la Donzelle.
— » Comment, Diable ! ce n'est pas tout !
» Qu'avoit-il de plus à vous faire ?

» Vous m'étonnez ! dites ma chere,
» Comment la chose se passa ?
— » Eh ! mais voici tout le mystère,
» Monsieur, c'est qu'il recommença ».

LE DÉLUGE

Cap dé dious, disait un Gascon
A sa moitié, qui faisoit la niaise,
Pour la première fois, Fanchon,
Il me semble qu'ici je suis bien à mon aise.
— Las ! dit-elle, mon cher, je suis neuve à tel jeu,
Appellez un Frater, et je le ferai juge
Que mes eaux seulement ont passé par ce lieu.
— Vos eaux ! sandis, repart le Gascon qui prend feu
Dites donc les eaux du Déluge.

ÆGRI SALIVANTIS SOLATIUM

Des beautés de Paris, o toi la moins farouche,
Ce fut peu d'un écu que tu reçus de moi,
En retour du plaisir que je pris sur ta couche,
Car depuis plus d'un an que j'eus affaire à toi,
L'eau m'en vient encor à la bouche.

DIALOGUE

ENTRE DEUX SERVANTES

Eh bien ! notre nouveau Curé ?
— Ah ! palsangué c'est un brave homme !
Le premier était bon, mais je veux qu'on m'assomme
Si le second n'est meilleur à mon gré.
— Comment cela ? — Comment ? Tiens, juges-en,
[commere :
Il me donne par an quarante bons écus :
Voire quelque chose de plus :
J'ai la clef de la cave et je n'ai rien à faire.
— Et la nuit..? — Oh ! la nuit nous faisons lit à part.
Messire Arlot est un saint Prêtre,
Qui ne ressemble en rien à Messire Chouart.
— Dieu me garde d'un pareil maître !

Il me feroit mourir d'ennui;
Oh! que j'aime bien mieux servir chez son Vicaire !
Je n'ai que dix écus et je fais maigre chere,
Mais du moins on couche avec lui.

LE SALAMALEC LYONNOIS

CONTE

Jamais ne fut Nation plus civile
Que la Françoise, il le faut avouer ;
L'Envoyé Turc pourroit bien s'en louer,
Après l'honneur qu'à Lyon, la grand Ville,
Des Magistrats en passant il reçut :
Ces Magistrats crurent frapper au but,
S'ils régaloient l'Excellence Ottomane,
D'un compliment en Langage Ottoman :
Car, disoient-ils, parler par Truchement
C'est une mort : en Langue musulmane
Un Musulman il nous faut saluer.
L'invention leur sembloit mémorable ;
Le point étoit comment l'effectuer ?
Où rencontrer un Harangueur capable ?
Un homme Expert dans le Salamalec ?
Notez qu'alors tenoit auberge illec

Certain Quidam, Déserteur de Mosquée,
De mauvais Turc devenu bon Chrétien :
C'est notre fait, dirent ces gens de bien.
La chose au Sire étant communiquée,
Il l'approuva : laissez faire, dit-il,
François Sélim, c'est ainsi qu'on me nomme,
Nul mieux que moi, Dieu merci, ne sait comme
La tête on doit courber jusqu'au nombril,
Rabattre en arc les mains sur la poitrine,
Se reculer, s'avancer à propos,
Et *cætera;* suffit, de ma doctrine
Tenez-vous surs et soyez en repos.
Vous me verrez à la mode turquesque
Faire cent tours qui surprendront vos yeux,
Telle action vous paroîtra burlesque
Qui cache au fond sens très-mystérieux.
Or en ceci la grande politique
Est de me suivre en tout d'un pas égal :
Souvenez-vous de cet avis unique,
Vous ne sauriez, me suivant, faire mal.
De point en point on promit de le suivre;
On le suivit jusqu'au moindre *ïota.*
L'Ambassadeur bien fort s'en contenta;
Mais ce qui, plus que tout, le transporta,

Fut qu'un Chrétien parlât Turc comme un livre.
Il n'est, dit-il, Assesseur du Divan,
Qui mieux que vous entende notre langue.
— Pas ne vous doit surprendre ma harangue,
Répond Sélim, je suis né Musulman.
— Né Musulman ? Vous l'êtes donc encore ?
— Moi ? point du tout. Je me suis converti,
Et c'est le Dieu des Chrétiens que j'adore.
— Ah ! par Mahom, vous en avez menti,
Et Musulman jamais vous ne naquîtes :
Ou vous n'avez pas changé de parti.
Je ne puis croire au moins ce que vous dites,
Si je n'en vois un signe fort précis.
— A moi ne tienne. — Etes-vous circoncis ?
— Vous allez voir. Lors sa misere nue
Le compagnon étale à découvert.
Les Magistrats à cette étrange vue,
Quoiqu'étonnés, pour n'être pris sans vert,
Suivant leur guide, imitant sa posture,
Firent leur cour en forme et sans tarder
Chacun selon le talent que nature
Petit ou grand, lui voulut accorder.
L'ordre fut rare, et l'histoire rapporte
Que l'Ottoman salué de la sorte,

Crainte de pis, s'enfuit sans dire adieu.
Tout au rebours les Donzelles du lieu
Prirent grand goût à la cérémonie :
Et telle fut leur jubilation,
Que maintenant nulle ne se soucie
De voir, après réception,
Ambassadeur, s'il ne vient de Turquie.

LA COLERE NAIVE

Dans un verger la friande Colette,
Au point du jour attendoit Augustin :
Lucas la vit, et lui dit : Ouais ! poulette,
Que cherchez-vous en ce lieu si matin?
— Un nid, Lucas. — C'est bien fait, Péronelle,
Lui répondit le Villageois rusé;
Mais pour le prendre où donc est votre échelle?
Tenez, tout franc, le détour est usé;
Vous cherchez... là..., n'est-il pas vrai, ma belle
Poursuit Lucas qui la voit se fâcher.
— Eh ! oui, méchant, puisses-tu, lui dit-elle,
Avoir perdu ce que je viens chercher !

PARTANT QUITTE

CONTE

Alain disait : ma femme, écoute-moi;
Je t'avouerai qu'avant que d'être à toi,
Bien jeune encor, je fis une folie;
J'eus une fille : elle est, ma foi, jolie;
Prends-la chez toi, faute de nourrisson;
Je veux de toi qu'elle prenne leçon :
Tu l'aimeras, car elle te ressemble;
Et moi, j'ai fait, dit-elle, un beau garçon :
Il nous faudra les marier ensemble.

LE FIN MENTEUR

En tremblant, un jour Eloi
Fut chez un Pharmacopole.
» Sauf respect, je... voudrois... — Quoi ?
— De l'onguent pour la v...
— Combien ? — Deux onces, je croi.
Le voyant saisi d'effroi,
Purgon lui dit : — Ah ! compere,
C'est pour toi, la chose est claire,
Car tu me parois bien sec.
— Oh ! non : c'est pour mon cher pere
Qui veut me frotter avec.

LE PARDON

CONTE

A son voisin, la gentille Isabelle
Fut se plaindre de son époux,
Qui toujours lui cherchoit querelle ;
Croyez-moi, dit-il, vengez-vous :
Le conseil plut fort à la belle,
Le galant fut choisi pour servir son courroux.
A chaque heure du jour, c'étoit nouvelle plainte :
Notre couple à l'envi signaloit son ardeur ;
Mais la colere du vengeur
En moins de huit jours fut éteinte.
De tout on se lasse à la fin.
La belle, que toujours la vengeance aiguillonne,
Six fois fut se plaindre un matin :
Oh ! pour le coup, dit le voisin,
Je suis Chrétien, je lui pardonne.

LE MENSONGE ÉVIDENT

En bavolet, en simple jupon court,
Sur son balcon Dame Alix appuyée
Lorgnoit les passants un beau jour :
Depuis long temps, aux mysteres d'amour
La belle étoit initiée :
Un sien neveu, nommé Valcour,
Garçon alerte et d'assez bonne mise,
Entre en sa chambre, il la voit, et soudain
Le frippon sent naître en son sein
Un mouvement de paillardise,
Si bien que derrière elle il se glisse sans bruit,
Soulève le jupon d'une main libertine,
Et puis, ainsi qu'on l'imagine,
S'ajuste, pousse et s'introduit.
— Eh ! mais, voyez l'extravagance,
Dit Alix à notre éventé ;
Valcour... vous me f... je pense...
— Moi ? non, ma tante, en vérité...
— Comment, non, coquin que vous êtes ?

Ne sens-je pas ce que vous faites ?
Et vous l'osez nier ! c'est par trop fort aussi...
— Vous êtes donc bien mécontente,
Dit Lindor d'un ton radouci :
Eh bien ! je vais m'ôter, ma tante,
Si vous voulez. — Non, restez-y :
Mais je n'aime pas que l'on mente.

LA MÉTAMORPHOSE

CONTE ÉPIGRAMMATIQUE

Gertrude à vingt ans fut jolie :
Elle avoit deux petits tettons
Qu'Ariste aimoit à la folie,
Et nommoit ses petits frippons.
Ariste fit un long voyage,
Et revint après vingt-cinq ans.
Je laisse à penser quel ravage
Chez Gertrude avoit fait le temps.
Sur les frippons par habitude,
Ariste jeta ses regards.
— Ah ! mes petits frippons, Gertrude,
Sont devenus de grands pendards.

LE MAL-ADROIT

Certain benêt voulant fêter sa femme,
Point ne pouvoit attraper le milieu.
— Trop haut, trop bas, lui répétoit la Dame,
Y suis-je ? non : — Pour le mettre en son lieu,
Ma chère Alix, ton aide je réclame.
— Quoi, ne pouvez, lui dit-elle, en courroux,
Trouver ce que cherchez depuis une heure ?
C'est pourtant là l'office d'un époux,
J'enrage : point ne connois ou je meure,
D'homme qui soit plus mal-adroit que vous !

LE PLAISIR SANS REMORDS

CONTE

Le vieux Cassandre est un compere,
Qui, malgré son âge, la nuit,
Quelquefois encor fait du bruit.
Et sa Pernelle une commere,
Qui, sans mentir, entre deux draps,
A son mari ne cede guere.
La nuit sur-tout du Mardi-gras,
Ils s'amuserent... voici comme :
A son lit Cassandre montant,
Vint à faire un... cela s'entend...
Pernelle, alors au premier somme,
Que ce bruit éveille à l'instant,
Se met à rire, à rire tant,
Qu'elle en fait elle-même autant.
Vous jugez bien que le bonhomme
Riposta bientôt d'un second :

Cassandre veut, quoiqu'il en coûte,
Par un nouveau lui répartir;
Mais.... le sommeil le prend en route.
Après tant de plaisir, sans doute,
Il est bien permis de dormir.

LES DEUX CLYSTÈRES

Cloris, tandis qu'à votre pere
Diafoirus donne un clystere,
Vous en recevez un d'un jeune Praticien :
Mais que ces anodins different l'un de l'autre !
Votre pere à l'instant est délivré du sien,
Et vous ne la serez que dans neuf mois du vôtre.

LE DOUBLE AVEU

CONTE

Un grand seigneur, frappé de mort subite,
Droit aux enfers fut conduit au plus vite.
Du Styx à peine il eut touché le bord
Que son cocher s'offre à ses yeux d'abord.
— « Vous Monseigneur, dans ce lieu de souffrance?
» Puis-je savoir quel crime, quelle offense?... »
— « Mon cher Vincent, j'ai tout sacrifié
» Pour enrichir le fils que ma moitié,
» Cette adorable et vertueuse femme
» M'avoit donné, seul gage de sa flamme.
» Mais toi Vincent, quel est donc le sujet
» De ton malheur? Toi, sage domestique?.. »
— « Ah! Monseigneur, ce maudit fils unique,
» Hélas! je suis ici pour l'avoir fait. »

LES SOULIERS

CONTE

De tous ses amoureux, Babet dans son printemps,
Exigeoit, pour le prix de ses faveurs secretes
Deux paires de souliers : aujourd'hui les grisettes,
Rougiroient d'accepter d'aussi minces présents.
Babet s'en contentoit, souliers alloient pleuvants.
L'or, quand on est jolie, est fugace, il va vite :
On le gagne aisément, on le ménage peu.
Babet l'avait senti, souliers restoient au gîte,
Ils devenoient ressource. On conçoit qu'à ce jeu
        Fallut bientôt à la commere,
Pour loger les souliers une maison entiere.
Le cuir haussa de prix : le Prince le taxa,
Mainte bourse s'emplit, maint Fermier s'engraissa,
        Tel est chez nous le train des choses,
Toujours les grands effets ont de petites causes.
        Babet vieillit, le cuir baissa :

Adieu vous dit joli visage,
Taille fine, élégant corsage,
Enfin adieu tous ses appas.
L'âge a beau nous rider, il ne nous change pas.
On se travaille en vain, le goût reste le même.
Celui de Babet pour l'amour,
Bien loin de s'affoiblir, avait cru chaque jour.
Que faire en ce besoin extrême ?
Le temps de but à but étoit plus que passé,
Il fallut des souliers implorer l'assistance :
Grâce à la sage prévoyance,
L'Amant venu nuds pieds, s'en retournoit chaussé,
Elle habilla par bas les deux tiers de Florence.
Sur quoi certain voisin, d'elle un jour s'enquérant
De ce tas de souliers qu'elle alloit répandant,
Babet que le métier n'avoit point rendu fausse,
Lui dit : mon cher ami, l'hiver vit de l'été.
Je rends à mes Amants ce qu'ils m'avoient prêté :
Je les déchaussois, je les chausse.

QUI PERD, GAGNE

CONTE

Jeanne, va fermer la targette,
Disoit en s'endormant, Lucas à sa moitié !
— Vas-y-toi, répondit Jeannette :
L'homme est fait pour être sur pié,
La femme pour dormir. — Que je sois estropié
Si j'y vais, dit Lucas. — Que le Diable m'emporte,
Si j'y vais, dit Jeannette. — On ouvrira la porte. —
Je m'en gausse. — Et moi je m'en ris.
J'incague les voleurs, je n'ai pas une obole.
Et si l'on te prend tes habits ?
Je resterai couché, c'est ce qui me console.
— Oh ça ! tiens, mon mari, convenons entre nous
Celui qui lâchera la première parole,
Ira verrouiller l'huis. — Tope, reprit l'époux,
Je suis muet, bon soir. — Moi, j'ai la langue morte.
Pendant que nos époux disputoient de la sorte,

Auprès de leur logis certain Carme passoit :
Le vent éteignit sa bougie.
Comme au travers de l'huis, leur lampe paroissoit,
Mon gaillard, disciple d'Elie,
Frappe, on ne répond point. Il baisse le loquet : —
Pardon ! de votre somme, amis, je vous dérange :
Mais mon abord céans ne doit vous alarmer :
Ma bougie est éteinte, et je viens l'allumer.
Mot. Hola ! dit le Moine, à cet accueil étrange :
M'entendez-vous, mes bonnes gens ?
Je n'ai, je le répète, aucuns desseins méchants.
Mot encore. Il s'avance : Il voit deux grosses faces,
Qui les yeux grands ouverts, rioient entre leurs dents.
Jeanne comptoit au plus vingt ans :
Le Frocard lui trouva des grâces.
Son visage, ses traits, lui semblerent piquans :
On est à peu de frais aimable aux yeux d'un Moine;
Il n'est belle ou laidron, qui ne lui soit idoine.
Le Carme, encor qu'il fût perplex,
Jugeant que ce silence était une gageure,
Résolut in petto de pousser l'aventure.
Un tetton paroissoit, il y porte l'index,
Le mari reste coi, la femme se résigne.
Réduit à pérorer par signe,

Le grivois parla puissamment :
Or, voilà, je ne sais comment,
Que d'abord près du lit, le Jean-chouart du Frere
Tôt après fut-dedans, oh! jugez de la chere.
Lucas voyoit et souffroit tout.
Plus discrette qu'on ne peut dire,
Jeanne bien qu'on poussât sa patience à bout,
N'eût pas parlé pour un Empire.
Le Moine se montra digne enfant du Carmel,
Fort affamé, peu sensuel.
Le temps vient de partir, mon gaillard fit retraite.
Il n'était pas sorti, que la dame Jeannette
Chanta goguette à son époux.
Voyez ce gueux, dit-elle, en feignant du courroux,
De me laisser manquer de semblable manière :
Et par un Moine encor! je suis d'une colere...
Va je me vengerai, je te le garantis.
— Femme, répond Lucas, allez verrouiller l'huis :
Vous avez parlé la premiere.

IN-PROMPTU-PARODIE

D'UN COUPLET DES AMOURS D'ÉTÉ

Sur l'air : *En plein, plan,*

Qu'une V... est amere
Et q'c'est méchante affaire !
Je l'ai bien pour mes six francs,
    En plein, plan,
Rlan, tan, plan, tirelire,
    Lan, plan,
Il y a bien des honnet's gens,
Qu'en ont une plus chere.

L'EXCUSE

INGÉNIEUSE

Dans un endroit obscur, trouvant une Duchesse,
Un jeune mousquetaire osa porter la main
Sous le jupon de son Altesse.
Elle jette un cri, c'est en vain :
Mon étourdi, qu'un vif aiguillon presse,
Jusques au bout allant son train,
Claquoit et reclaquoit sans cesse ;
Finirez vous donc, libertin ?
A moi quelqu'un ! la Fleur, Champagne, la Jeunesse
Ces Messieurs qui buvoient au Cabaret voisin,
N'entendoient pas la voix de leur Maîtresse.
Mon polisson lâche prise à la fin. —
Ah ! malheureux, tu payeras demain
Ce trait d'audace et de scélératesse :
Crois que ton trépas est certain !
— Pardonnez un moment d'ivresse,
Reprit le Mousquetaire avec un air serein ;

9.

J'ai fait sans doute une sottise,
Et vous m'en voyez confondu :
Que voulez-vous que je vous dise?
Las, je suis un homme f...
Si vous avez le cœur aussi dur que le c...

L'OBSERVATEUR EN SECOND

OU

L'ART D'AIMER

J'ai vu dans les Ecrits d'un grand Observateur,
Emule d'Hamilton et Poëte des Graces,
Le véritable sens que l'on donne au mot *cœur*.
En admirant B... j'ai marché sur ses traces ;
Or, écoutez, ami Lecteur,
Et vous saurez de moi ce qu'il vous faut entendre
Alors que la beauté qui vous a su charmer
Vous avoua d'une voix douce et tendre,
Qu'elle vous permet de l'aimer.
Aimer n'est pas un mot de sens tout-à-fait vuide ;
Anacréon, Properce et le galant Ovide
Employerent souvent ce mot-là comme il faut.
Devinez donc ce que pense une Dame
Dont les attraits sont par l'âge effaçés,

Quand elle vient se plaindre, en nous vantant sa flamme,
Que Monsieur son époux ne l'aime point assez?
Qu'une fille me plaît, qu'elle est intéressante !
Quand le besoin d'aimer en secret la tourmente ;
Comme elle je ressens ce besoin, ces ardeurs ;
Pourquoi ne pas unir nos besoins et nos cœurs?
Elle diroit bientôt, d'une voix expirante :
Ah ! quand on aime bien, qu'on goûte de douceurs !
Mais n'aime pas qui veut, c'est là ce qui me fâche ;
Tantôt bien, tantôt mal, on remplit cette tâche :
J'en vois même plusieurs que je saurois nommer
Qui, malgré leurs efforts, ne peuvent plus aimer.
Melidore adoroit (on verra par la suite
Qu'ici tout autre mot ne peut être adopté)
Adoroit donc une beauté,
Dans l'art d'aimer assez instruite :
Notre amant jeune et sans détour,
Dans cet art charmant vrai novice,
Depuis plus de six mois qu'il étoit au supplice,
N'avoit encor osé déclarer son amour.
Aux pieds de Lise enfin il se jette un beau jour :
Et pour lui peindre son martyre,
Pousse de grands hélas ! verse des pleurs, soupire,
Veut lui parler et reste court,

L'amante, en le voyant, pensa crever de rire,
Et sans prendre pitié du trouble qu'elle inspire,
De l'amant à ses pieds, ni de son embarras,
Lui répond froidement : non, vous ne m'aimez pas.
— Je ne vous aime pas?... L'amour le plus sincere
N'est-il donc à vos yeux qu'une vaine chimere?
Quand je brûle d'un feu qui ne peut s'exprimer,
Quand tout mon sang pour vous... - Ce n'est pas là m'aimer.
Et moi je prétends que l'on m'aime.
— Je vous l'ai déjà dit, ma tendresse est extrême :
Votre volonté seule est ma suprême loi :
De grace, commandez. — Eh bien donc, aimez-moi !
Désespéré, confus, notre amant se retire :
D'abord il veut se pendre, et puis il réfléchit
Que ce seroit tomber d'un malheur dans un pire,
Ensuite il cherche en son esprit
Le sens de chaque mot, et ce qu'Eglé veut dire?
L'Amour enfin daigne l'instruire.
Avec un si grand Maître une leçon suffit.
Quelques jours écoulés, il vole chez sa Dame,
Plein d'espoir et sur-tout bien résolu dans l'ame,
De mettre, s'il se peut, la leçon à profit.
Il entre... Il la voit seule... Il prend un peu d'audace...
Et fit... ce que j'aurois voulu faire à sa place.

Pendant les amoureux ébats,
L'Amant disoit à sa maîtresse :
Peux-tu te plaindre encor que je ne t'aime pas ?
Peux-tu douter de ma tendresse ?
La belle lui répart : non, le fait est certain,
Tu m'aimes maintenant, j'en ai la preuve en main.

ÉPIGRAMME

CONTRE UN SOT POLITIQUE

Des Gazettes de la Tamise,
Quand tu saurois le résultat,
Faudroit-il te vanter d'être, comme un Moïse,
Savant dans le métier que fait un Potentat?
Ta femme me l'a dit : ta sottise est sans bornes,
Et si tu ressemblais à cet homme d'Etat,
Ce ne seroit que par les cornes.

LE CURÉ COMPLAISANT

Lisez tout bas ce guid'âne,
Monsieur, vous m'épouvantez.
Ah ! quels grands mots ! Libertés...
De l'Eglise Gallicane !
Comment ! je crois, Dieu me damne !
Que je les ai répétés.
— Venez sur cette Ottomane,
Prendre place à mes côtés.
Or, maintenant écoutez,
Levez ce jupon de panne,
Et sur le dos vous mettez ;
Les deux cuisses écartez,
Moi, j'entr'ouvre ma soutane...
— Je crois que vous me...
— Non, c'est pour vous montrer, Jeanne,
Ce qu'on nomme Libertés
De l'Eglise Gallicane.

ÉPIGRAMME

Un Auteur dont le nom passera d'âge en âge,
Montrant un jour son fils, disait :
Voilà mon plus mauvais ouvrage.
Monsieur, reprit Damon, caustique personnage,
Est-il sûr que vous l'ayez fait ?

LA QUESTION RÉSOLUE

Trois rivaux voyant leur Maîtresse
Que l'on vient de blesser au sein,
Aussi-tôt l'un tombe en foiblesse,
L'autre court après l'assassin,
Le troisième bande la plaie.
Par ce moyen chacun essaie
De montrer qui l'aime le mieux.
Si mon avis on me demande,
Je répondrois qu'il saute aux yeux :
Car je suis pour celui qui bande.

LE FAGOT

CONTE

Deux nouveaux mariés font le sujet du Conte,
Tous deux jeunes s'aimoient tous deux ;
Mais un débat s'émut entr'eux.
Il étoit vif, elle étoit prompte.
Un semblable débat fut autrefois, dit-on,
Entre Jupiter et Junon :
Mais Junon de dépit saisie
Ne tarda guere à se venger
Du Jugement de Tiresie.
Une femme, pour bien juger,
Veut qu'on juge à sa fantaisie.
Nos deux jeunes époux étoient donc courroucés.
De quoi ? D'être trop peu la nuit en paix laissés,
De dormir trop peu l'un et l'autre :
Est-ce ma faute ? c'est la vôtre ;

N'est-ce pas vous qui me pincez?
N'est-ce pas vous qui m'agacez?
Telle étoit chaque jour leur plainte mutuelle;
Mais ils n'avoient qu'un lit, ce n'étoit pas assez
Pour mettre fin à leur querelle.
Eh bien! pour vous montrer, dit-elle,
Que je ne veux vous dire mot,
Mettons entre nous un fagot.
Là-dessus la nuit vient, sème le Ciel d'étoiles,
Et couvre l'Univers de ses plus sombres voiles,
Tout invite au sommeil, et le fagot se met
Pour garant du repos que chacun se promet.
Le couple conjugal dormit comme une souche :
Mais quand de tous ses sens l'usage suspendu,
Après un long sommeil lui fut enfin rendu,
L'épouse vers l'époux nonchalamment tournée,
Lui dit : au moins vous ne vous plaindrez pas
Que de votre repos je ne fais point de cas.
Et moi, répond l'époux, vous ai-je importunée?
A la seconde nuit, c'est à recommencer.
Le fagot revient se placer.
Bon soir, mon cœur : bon soir, m'amie.
Au milieu de la nuit pourtant
L'épouse assez mal endormie,

Se tourne et se retourne tant,
Que le fagot la pique, et qu'elle se récrie :
Peste soit du fagot, et de qui l'a planté !
L'époux que le fagot n'avoit pas bien traité,
Qu'avez-vous, dit-il, je vous prie,
A tant pousser de mon côté ?
Le fagot, grâce à vous, m'a fort mal ajusté.
Mon Dieu ! cria l'épouse, alors toute attendrie,
Que je voie, et pour voir le fagot fut ôté.
Mais elle ne vit rien qu'une certaine épine...
Lors prenant et serrant son époux dans ses bras,
Mon ami, lui dit la coquine,
Pour te venger, au lieu de me faire la mine,
Pique-moi tant que tu pourras.

LA DEMANDE SINGULIERE

Au temps prescrit par notre mere Eglise,
Chez son Evêque un jeune rustre alla :
Puis il lui dit : Monseigneur, me voilà ;
J'ai nom Jacquot, baillez-moi la Prêtrise.
Le Prélat rit et lui répond : Nigaud,
Crois-tu mener si vite cette affaire ?
Va, mon enfant, pour être Prêtre, il faut
Qu'un homme ait fait trois ans de Séminaire.
Jacquot répart : je le sais, mais aussi
Informez-vous de tout notre Village,
Mon Pere étoit Vicaire, et, Dieu merci,
Tout fils de Maître est franc d'apprentissage.

L'AVOCAT RAISONNABLE

Un Avocat revenant dans son logis après deux ans d'absence, y retrouva un gros garçon qu'il ne croyait pas avoir laissé : au lieu de s'emporter contre sa femme, il fit l'In-promptu suivant :

IN-PROMPTU

Air : *Du Vaudeville de la Rosiere.*

Sur cet article délicat,
Un autre courroit au Grimoire ;
Mais moi, comme un franc Avocat,
C'est la loi que je veux en croire,
Or si je consulte la Loi,
L'enfant de ma femme est à moi.

Je sais bien qu'avant mon départ,
Madame écoutait les fleurettes,

Et qu'elle avoit sa bonne part
Du foible qu'on donne aux coquettes ;
Mais si je consulte la Loi,
L'enfant de ma femme est à moi.

Plus je regarde le poupon,
Moins je trouve qu'il me ressemble ;
Il a la bouche de Cliton,
Ses yeux, son nez : aye! aye! je tremble ;
Mais si je consulte la Loi
L'enfant de ma femme est à moi.

Sur un doute pareil au mien,
Rondon plaida sa ménagere.
A cela, que gagna-t-il ? Rien.
Le Juge dit au pauvre here :
Va-t-en donc consulter la Loi,
L'enfant de ta femme est à toi.

Tous les jours, j'en suis convaincu,
Le plus galant homme peut être

Ce que l'on appelle cocu ;
Mais, sans chercher à le paroître,
Il dit : n'écoutons que la Loi,
L'enfant de ma femme est à moi.

COUPLET A Mlle ***

Air : *du Vaudeville d'Epicure.*

C'est peu d'être jeune et jolie :
Sans l'amour, que sert la beauté ?
Pour être une fille accomplie,
Il faut un peu de volupté.
Victoire, soyez moins sévere,
Le plaisir n'est que dans vos yeux :
Si vous voulez me laisser faire,
Je le logerai beaucoup mieux.

L'ÉPOUSE NAÏVE

Blaise aimait certaine Donzelle,
Il l'épousa. Dès la première nuit,
En la caressant, il lui dit :
J'ai peur que nos plaisirs dans quelque temps, ma belle
Ne te causent bien du tourment.
Ne crains rien, lui répond la naïve femelle ;
Blaise, j'accouche heureusement.

FIN

TABLE

	Pages
Introduction	1
Essai bibliographique	3
A ma Commere	7
La Femme sans chose	13
La croyance fondée	21
La Déclaration militaire	22
La réponse sensée	25
La plainte injuste	26
Badinage in-promptu	27
La Belle accommodante	28
In-promptu	29
Couplet	30
Bouquet à Mademoiselle	31
La Rage d'amour	32
Le Prétendu malin	34
La gageure	35
L'époux rassuré	36
Le paiement d'avance	37
In-promptu	40
La Calomnie foudroyée	41

	Pages
Le terme impropre	42
La fente	43
Le repentir sincere	46
L'armure de Vénus	47
A ma Maîtresse	48
Les Désolations et les Consolations, Vaudeville	49
Elégie	50
Epigramme	51
Le triomphe de la Marotte	52
Les cinq points	59
L'un pour l'autre	60
La présence d'esprit	61
La défense bien observée	62
Le Dégel	64
Histoire véritable et remarquable d'un Abbé.	65
L'expédient facile	68
On fait ce qu'on peut	69
Le Qui-pro quo, ou *Colin-Maillard*	70
L'inoculation, Conte	72
La Muette, chanson	74
L'obstacle, Conte	77
Le tribut conjugal	79
Le conseil inutile	80
La confidence	81
Le Chapelain, Chanson	83

Pages

Le Marchand de Loto 85
Le lendemain des noces 88
Le Confesseur exemplaire 90
L'Esprit fort 91
Couplet. 94
Epigramme. 95
Le cas décidé 96
Le faux Jupiter. 97
La sommeil de Vénus 103
Quatrain à Madame *** 106
L'enthousiasme gascon. 107
Le Cri du cœur. 108
La Bénédiction trop chere, ou *le conseil d'Alix*. 109
Epître consolante à un cocu 112
L'Avocat poussé à bout. 114
Le Déluge 119
Ægri salivantis solatium. 120
Dialogue entre deux servantes 121
Le Salamalec Lyonnois. 123
La colere naïve 127
Partant quitte. 128
Le Fin menteur. 129
Le Pardon 130
Le Mensonge évident. 131
La Métamorphose 133

Pages

Le Mal adroit 134
Le plaisir sans remords 135
Les deux Clysteres 137
Le double aveu 138
Les Souliers 139
Qui perd gagne 141
In-promptu - Parodie d'un couplet des Amours d'été 144
L'Excuse ingénieuse 145
L'Observateur en second, ou *l'Art d'aimer* . 147
Epigramme contre un sot Politique 151
Le Curé complaisant 152
Epigramme 153
La question résolue 154
Le Fagot 155
La Demande singuliere 158
L'Avocat raisonnable 159
Couplet à Mademoiselle *** 162
L'Epouse naïve 163

FIN DE LA TABLE

www.ingramcontent.com/pod-product-compliance
Ingram Content Group UK Ltd.
Pitfield, Milton Keynes, MK11 3LW, UK
UKHW031850260826
14628UKWH00002B/690

9 782016 147184